LLEGAR HASTA EL FINAL

SEAN O'LEARY

Traducido por
ANA ZAMBRANO

Gracias a mis hermanos Mark y Paul por mantenerme en el buen camino.

Al escribir, soy totalmente anti planes de cualquier tipo. Todos mis intentos de trazar y planificar novelas han fracasado, y de forma muy costosa...

PETER TEMPLE

CAPÍTULO UNO

EL GERENTE NOCTURNO ESTÁ EN LA PUERTA DEL MOTEL DE
la calle Darlinghurst. Enciende un cigarrillo. Las sábanas
manchadas de sangre siguen arriba en la habitación 303. La
visión de la chica cortada en pedazos parpadea como una
ventana emergente en su mente. Una cinta de escena del
crimen en la puerta. Dos policías uniformados de pie frente a la
puerta. Las paredes mugrientas. La alfombra de nylon, fina,
pegajosa y manchada.

Un mar de gente se mueve de un lado a otro bajo la neblina
de confusión. Los publicistas de los clubes de striptease
gritando, la gente riendo, amenazando, borrachos, drogados,
con los ojos abiertos, y sobrios. Turistas, madres y padres, chicos
y chicas salvajes de los suburbios, todos en la fiesta. Es una
locura lo que ha ocurrido.

Lleva unos vaqueros negros; una camisa negra de manga
larga; zapatos negros duros y gruesos en los pies. Es guapo, de
pómulos fuertes, de constitución sólida y cabello castaño claro.
El tabaco aún no lo ha dañado.

Escucha el timbre de la centralita, cierra rápidamente la

puerta de entrada y echa el cerrojo. Se acerca al mostrador de recepción, con el cigarrillo apretado entre dos dedos de la mano izquierda, pulsa el botón de respuesta con el dedo medio de la mano derecha y toma el auricular.

—Motel Cross.

—¿Qué ha pasado?

Era el dueño, Mick.

—Tienes que venir.

—Y una mierda que sí. ¿Qué ha pasado?

—Una drogadicta, una prostituta, su cliente la cortó en pedazos. Fue una mierda...

—¿Inquilina?

El gerente nocturno traga, le da una rápida calada a su cigarrillo, el humo le sale por la nariz y la boca cuando dice:

—Ya sabes mi acuerdo con Katya.

—Pero no era Katya, ¿verdad? Fue una puta drogadicta amiga de Katya a la que dejaste usar la habitación gratis. O le cobraste, te embolsaste el dinero, y ahora la policía está allí. Los medios de comunicación podrían aparecer también si es una noche tranquila.

—A la policía no le importan las habitaciones de motel gratis.

—Sabes que a la ley *sí* le importa. Así es, *la ley* dice que todo el mundo tiene que registrarse, y ¿sabías que, *por ley*, se supone que tengo que mantener esas tarjetas de registro durante siete años?

—Lo siento, Mick.

—¿Tienes algún trabajo de detective privado?

—No mucho.

—Podrías necesitar alguno y un buen abogado. Estás solo en esto —dice y cuelga.

Alguien llama a la puerta principal.

El gerente nocturno se gira y mira. Son dos hombres de

traje con pinta de policías y otros tres tipos. Detrás de ellos, dos invitados de Albury, que antes le preguntaban por el Mardi Gras, aunque era invierno y el Mardi Gras era en marzo.

Abre la puerta. No puede dejar este trabajo. ¿Mick lo despedirá? Necesita el dinero para mantenerse a flote. Los turistas de Albury se quedan boquiabiertos. Los tres tipos se alinean en el ascensor frente a los turistas.

—¿Quiénes son? —le pregunta el gerente nocturno al policía más grande.

—Forenses.

—¿Dónde están sus trajes y sus zapatitos y...?

—Se los pondrán arriba —dice el detective más grande—, ¿le parece bien, jefe?

Travis no dice nada.

Los invitados suben al ascensor con ellos. Los dos detectives miran a Travis y el más grande vuelve a decir:

—¿Tienes la lista de huéspedes al día?

—Te imprimiré una.

Ambos policías llevan pistolas: el más grande lleva la suya en la cadera, el otro tiene una funda en el hombro. Travis vuelve a la puerta principal y la cierra. Se acerca a la recepción y el tipo más grande, con el pelo rojo, le dice:

—Soy el inspector Olsen, este es el agente Lynch. —Y señala a su ayudante.

Olsen tiene una piel blanca y pálida, casi translúcida, a juego con su pelo rojo. Los músculos de sus bíceps se ven muy marcados en el traje negro. Tiene un cuello grueso, como el de un toro, de tanto hacer ejercicio; un adicto al gimnasio o un ex jugador de la liga de rugby. Un hombre de aspecto peligroso. Se levanta con los hombros redondeados y dice:

—¿Cómo te llamas?

—Travis Whyte.

—¿Travis? No he oído hablar de un Travis antes.

—No he oído eso antes.

—También tienes agallas, Travis.

Travis no dice nada. Olsen se encoge de hombros, mira fijamente a Travis y dice:

—¿Qué mierda pasó, Travis?

—La chica se llevó a un cliente a su habitación. Unos diez minutos más tarde oigo gritos, pero no sé si son de dentro o de fuera —dice sacando el brazo en dirección a la calle—, y luego otra vez los gritos; gritos fuertes y salvajes. Me dirijo a las escaleras y subo al 303. Debe ser la prostituta. La puerta está abierta de par en par. La veo tumbada en la cama, con cortes y sangre por todas partes. Está congelada, sangrando tanto... Las sábanas ya están empapadas de sangre. Estoy hiperventilando, de pie junto a la cama, sin rastro del tipo. Me doy la vuelta. Está en la puerta, el cliente, con un cuchillo. Me apunta con él. Lleva guantes negros, se pasa el cuchillo lentamente por la garganta, sin expresión, pero se da la vuelta y corre. Llamo a la ambulancia.

—¿Dijiste que él no tenía sangre?

—Sí, no lo entiendo. Tenía una mochila que sujetaba por el hombro izquierdo.

—¿No tenía sangre?

—No.

—¿Intentaste ayudar a la chica?

—Hablé con ella, le hablé de fútbol, de cricket, de cualquier cosa. La tomé de la mano, le dije que lo iba a lograr, le dije que aguantara. Seguí hablando hasta que llegaron los paramédicos.

—¿Qué hay de ti? ¿Tampoco tienes sangre?

—Me cambié. Tenía esta ropa para salir más tarde.

—¿Dónde está la ropa que llevabas cuando estabas en la habitación?

—En una bolsa de plástico en la oficina de atrás —dice señalando detrás de él.

—¿Qué pasó cuando la registraste? —pregunta Olsen.

—Fue un cobro en efectivo. Acordamos 120 dólares por la habitación. El tipo pagó.

—Él te miró bien.

—Sí.

—¿Tienes una tarjeta de registro?

—No.

Los policías se miran, no dicen nada.

La centralita empieza a sonar. Un huésped llama a la puerta. El gerente nocturno contesta el teléfono. Lynch abre la puerta, comprueba los huéspedes con la lista de huéspedes y los deja subir en el ascensor. El gerente nocturno cuelga el auricular, con la pregunta resuelta. Olsen repite su pregunta.

—¿Pudiste verlo bien?

—Sí, estaba justo delante de mí.

—Sabe que trabajas aquí, ahora...

—Sé a lo que te refieres. No tenemos cámaras, pero el consejo debe tener en la calle Darlinghurst, puedes conseguir...

—¿Me está diciendo mi trabajo, otra vez, jefe?

—No.

—¿A qué hora sales?

—Dentro de media hora. A las 11 de la noche.

—Dame la bolsa de plástico con tu ropa. Los chicos del laboratorio la analizarán. Te acompañaré a la comisaría después de que te vayas, para que hagas una declaración, y haremos un retrato hablado del atacante.

Travis asiente, pero piensa, a la mierda con esto. No necesito esta mierda. El tipo me vio. Me vio, carajo. Está ahí fuera en alguna parte.

—John, vamos arriba ahora —le dice Olsen a Lynch.

Silencio dentro de la pequeña recepción, pero siempre el zumbido constante de la gente fuera de la puerta, gritando, riendo; la locura.

La calle en llamas.

La centralita vuelve a sonar. Pulsa con fuerza el botón de respuesta y dice:

—Motel Cross.

—Travis.

—Ahn, ¿eres tú?

—Sí, tienes que ayudarme a encontrar a Billy.

—Oh, Ahn, precisamente esta noche, me llamas. Oh, mierda. ¿Quieres que encuentre a Billy? ¿Qué mierda es eso?

—Ha desaparecido. Eso es lo que haces. Encuentras a la gente. Te pagaré tu tarifa diaria.

—Quieres decir que tu padre lo hará.

—Lo que sea, te necesito.

—¿Cuánto tiempo lleva desaparecido?

—Diez días.

—Oh, mierda, Billy podría estar haciendo lo que hace Billy.

Travis piensa que, incluso para Billy, esto es demasiado tiempo para no contactarse con Ahn. Entonces piensa en el dinero. ¿Quién dirige el club de Billy? Podría alargar la búsqueda por un tiempo.

—¿Travis?

—No me siento muy bien, Ahn. Grandes problemas en el motel esta noche. Policías. Todo tipo de mierda.

—¿Qué ha pasado?

—Te lo contaré más tarde.

—Ven cuando termines. Te daré la llave de la casa de Billy. Ya no se desaparece así, ha cambiado. Podrías encontrar algo en su casa para...

—Lo entiendo. Recogeré las llaves después de hablar con la policía. Pero sólo por ti. Si fuera alguien más.

—Gracias, Travis.

—Te llamaré cuando haya terminado con la policía.

Olsen lo acompaña a la estación de policía de Kings Cross, le compra un café en el camino. El gerente nocturno hace un retrato hablado.

—Era de estatura media, pelo corto y castaño, su cara, no sé, no era nada especial. Sencillo. Era sencillo y aburrido. Vaqueros negros o azules. Ahora puedo tenerlo en mi mente, un jersey marrón con una camisa de cuadros. Pude ver el cuello, nada más.

—¿Era grande? Un tipo fornido —le pregunta Olsen.

—No, era normal, no tenía sobrepeso, ni era grande, ni gordo. Odio decirlo, pero lo era, nada destacaba.

Y sigue.

Olsen saca a Travis de la pequeña habitación, con su mano en la parte baja de la espalda, y lo guía a una oficina más pequeña. Lynch se une a ellos. Olsen se quita la pistola de la cadera, la pone sobre el escritorio, mira fijamente al alma de Travis y dice lentamente, con firmeza:

—Quiero saber, Travis. ¿Por qué no hay tarjeta de registro? ¿Por qué esta transacción fue en efectivo? Sin recibos, sin ningún tipo de papeleo.

—Lo hago a veces.

—¿Hacer qué?

—Transacciones en efectivo y...

—Hablé con tu jefe, Mick, dijo que tienes un acuerdo con una chica de la calle, Katya. ¿Esto es cierto?

—Sí.

—¿Dónde está ella?

—No lo sé.

—No te creo, Travis.

—Eso es asunto tuyo.

En su mente, Travis podía ver a Katya en su lugar al otro

lado de la calle desde la puerta principal del Motel Cross. ¿Dónde estaba ella?

—Registraste a un huésped. Una prostituta. Había una aguja usada en la habitación. No hay tarjeta de registro. No hay registro de ellos, y diez minutos más tarde ella está cortada en pedazos en la habitación 303. Su nombre es Ann, Travis, tiene una madre en alguna parte.

—Sin comentarios.

—Estás en serios problemas, Travis.

—Sin comentarios.

CAPÍTULO DOS

Travis sale de la comisaría. Olsen lo había golpeado con una pregunta tras otra. Como un delantero de rugby en un partido de estado, adulando una y otra vez. Travis aguantó los golpes con un «sin comentarios», y luego Lynch empezó con las acusaciones.

—Eres un ladrón. Engañando a tu jefe. Una rata, robándole dinero. Una chica yace casi muerta. Tienes que decir algo.

—Sin comentarios.

Necesitaba un abogado. Ahn podría encontrarle uno. Y pagarlo también.

La verdad es que está en la ruina y necesitaba los 120 dólares para seguir adelante hasta el día de paga. Su lista de malos hábitos lo tiene casi siempre al borde de la quiebra.

En lo alto de las escaleras que llevan al concreto de Fitzroy Gardens, le cuesta un poco respirar. Se detiene y se agacha. No puede respirar, se esfuerza por coger aire. Se sienta sobre su trasero jadeando. Avergonzado. No puede coger aire, se pasa la mano por el pecho, intenta aspirar aire, por fin, un respiro, unas cuantas respiraciones profundas más. Se arrodilla, se levanta.

Se pasa el brazo por el pecho, inspira profundamente, luego exhala lentamente, contando, uno y dos y tres y cuatro y cinco. Lo repite en medio del parque dos veces más. Su respiración vuelve a ser normal. Suspira. Algo que ha aprendido del New York Times en Internet.

Camina lentamente de vuelta al Cross. Gavin, el recepcionista nocturno, hace un empleo suplementario de distribuidor de metanfetamina, y Travis necesita un poco. Gavin le dará crédito. Tiene que encontrar a tres personas. Katya había estado con Perry cuando llamó. Pidiendo una habitación libre para Ann. Travis vio el signo del dólar. Enseguida supo que se embolsaría el dinero de la habitación para jugar y beber. Perry es una mala noticia, un hombre travestí. Travis no lo sabe bien; no le importa. Perry es también un traficante de heroína y distribuidor y, lo peor de todo, un proxeneta. Comercia con la miseria. Katya adora a Perry, que a su vez alimenta su hábito de la heroína con material gratuito. ¿Pueden haber conocido al atacante todo el tiempo? Encontrar a Katya. Encontrar a Perry. Encontrar al atacante. Porque no quiere que el tipo lo encuentre. Tal vez él estaba mirando ahora. Ese cuchillo oculto.

Travis se apresura a cruzar la plaza, pasando por la fuente de El Alamein, con los ojos mirando a la izquierda y a la derecha hacia el desorden del Cross. La gente animada, dispara a su alrededor, en su espacio. Está helando. Lleva su portátil, con la correa de la bolsa del portátil sobre el pecho, lo que le hace parecer un oficinista o un friki o algo peor. Travis es de Melbourne. Tiene veintidós años. Cuando tenía diecinueve años, estaba en el punto de mira de todos los clubes de la Liga Australiana de Fútbol, iba a ser reclutado, una selección de primera ronda con seguridad, entre los cinco primeros, hasta que la noche antes de la preliminar su mundo se vino abajo. Se escapó a Sydney, obtuvo su licencia de agente de investigación privada tras hacer un curso en un salón de actos sobre un motel en Kingsford. Se dijo a sí mismo que iba a trabajar en el motel de mala muerte sólo hasta que pudiera permitirse ser investigador privado a tiempo completo. *Podía* encontrar gente. Tenía una especie de reputación para ello. Sólo que los trabajos se espaciaban demasiado.

Esnifa dos líneas en la oficina trasera del Motel Cross. Se lleva dos bolsas de un gramo. Es hora de encontrar a esta gente. Su coche está estacionado en un estacionamiento de la avenida Ward en un edificio de departamentos. El propietario deja que el personal del motel se estacione allí. Es un amigo de Mick. Abre la puerta de su Triumph Dolomite Sprint blanca. Este modelo de Triumph es rápido. El anterior propietario le había dicho que también había algo extra bajo el capó, Travis no sabía nada de motores, pero la probó y voló. Era vieja y tosca pero rápida; el Halcón Milenario en las calles de Sydney. Salió disparado de la entrada a la avenida Ward y condujo tan rápido como pudo hasta Bondi.

Ahn abrió la puerta de par en par, con un vestido negro, pintalabios rojo y nada más.

—¿Me vas a dejar entrar?

Ella se hace a un lado. Él pasa lentamente por delante de ella hacia el pasillo. Ella cierra la puerta y se da la vuelta y le rodea el cuello con los brazos, le acaricia la cara contra el hombro y le besa en el cuello. Él sonríe y dice:

—Bonita bienvenida. —Se inclina y la besa en sus labios rojos, y ella le devuelve el beso con fuerza, apasionadamente. Él la levanta, la empuja contra la pared y ella alcanza su camisa, desabrochando los botones, sacándola de sus pantalones, rasgando el cinturón. Se desprende. Le arranca el botón del pantalón. La correa de la bolsa del portátil se rompe y cae al suelo. Ella le agarra el pito duro y le susurra al oído:

—Cógeme ahora. —Él siente su humedad bajo el vestido y

la penetra, con el trasero apoyado en la pared y las manos de él clavando las suyas en la pared. Se cogen con fuerza, y él casi se resbala, se ríe a medias, pero sigue metiendo y sacando. Ahn se empuja contra él, y él empuja más fuerte, más rápido, chorreando sudor ahora, ardiendo. Ahn gruñe, él sigue empujando más fuerte, más rápido, ella bombea de vuelta, y él se corre dentro de ella pero se mantiene duro, empujando una y otra vez para que ella pueda correrse. Él le suelta las manos y ella le agarra el pelo, la cara, gimiendo en voz alta, él le agarra el trasero y le araña la piel con las uñas, y ella se corre con fuerza, y los dos se desploman en un montón en el pasillo, y ella dice—: Oh, mierda, eso ha estado bien.

Travis no dice nada, recupera el aliento. Mira al frente, la velocidad, corriendo con fuerza en su cerebro, por todas sus venas, casi electrificada, pero sabe lo que tiene que hacer.

—Ahn, dame las llaves de la casa de Billy. Necesito una semana de adelanto en mi cuenta bancaria. Te enviaré un mensaje con los detalles. Necesito un abogado para mañana. Lo siento, tengo que irme. Necesito encontrar a Katya.

—La prostituta. ¿Por qué? ¿Qué ha hecho?

—Mejor que no sepas nada. Trescientos al día. Mañana o esta noche. Los primeros siete días por adelantado.

Se levanta, se sube los calzoncillos, todavía semiduro, se sube los pantalones, se mete dentro.

—Ahn, las llaves de la casa de Billy. Me tengo que ir.

—No te he visto tan asustado, tan preocupado, desde Melbourne.

—Las llaves, Ahn, por el amor de Dios.

—Está bien. —Se levanta y camina rápidamente hacia su dormitorio para tomar las llaves.

CAPÍTULO TRES

Travis está sentado en su coche. En el estacionamiento de la avenida Ward. Intenta llamar al teléfono de Katya. Buzón de voz. Se baja y baja las escaleras y sale a la avenida Ward, camina rápidamente hasta la calle Bayswater y gira a la derecha. Katya pasa a veces por el Café Kardomah. Tienen entrada libre los jueves por la noche. Hay bandas decentes. Baja las escaleras y entra en la sala de bandas subterránea. Una banda toca una música pop perfecta. Travis busca en la sala con la mirada. No la ve. Camina hacia el bar. Toma un vodka doble con mucho hielo, le da un sorbo, camina entre la multitud, en su mayoría menores de 30 años, buscando, pero ella no está. Va hasta el fondo de la sala, se sube a una mesa, y sus ojos se lanzan por todo el lugar. No, aquí no. Una última cosa. Llama a la puerta de los baños femeninos y entra, dos chicas que se maquillan ni siquiera levantan la vista. Las cuatro puertas de los cubículos están cerradas. Llama a cada puerta gritando su nombre, «Katya, Katya». Nada.

Sale rápidamente y camina hacia la calle Darlinghurst. Cruza la calle en dirección a la vinatería del Hotel Crest. A unos cincuenta metros hay unas escaleras. Baja. Es un antiguo salón de videojuegos, pero ahora sólo queda una oficina de cristal y un espacio vacío. Una puerta en la esquina más alejada da acceso a lo que él no conocía. Algunos jóvenes están acurrucados en la esquina más alejada, en la penumbra. Hay ropa esparcida por el suelo. En el despacho de cristal, un chico indígena de dieciséis años está sentado en una silla giratoria naranja. Travis se acerca a él. Conoce al chico de los alrededores del Cross. Ya habían hablado de la Liga Australiana de Fútbol. Travis le había dicho que estaba en el radar para ser reclutado; era algo que nunca le dijo a nadie, pero el chico estaba loco por la Liga Australiana de Fútbol. Travis todavía juega, sólo que es para Randwick, a un millón de kilómetros de la gran liga.

—¿Qué quieres? —dice el chico.

—Estoy buscando a Katya.

—Mala mierda en el Cross, he oído —dice el chico.

—Katya, ¿está aquí o no?

El chico señala la puerta en la esquina más alejada de la habitación.

Travis se acerca a ella y trata de abrirla, pero no se mueve ni un milímetro. El chico se ríe, y los demás en la habitación se ríen, y Travis gira y corre hacia el chico, la velocidad lo empuja con fuerza. Intenta abrir la puerta del despacho, pero no se mueve ni un milímetro, y todos vuelven a reírse. Travis toma una silla solitaria y la balancea con fuerza, y el cristal se rompe, y el chico se cae de la silla giratoria, pero se levanta tranquilamente y dice:

—Vete. Katya no está aquí, vete.

Travis sale de nuevo a la calle Darlinghurst. Hay otro lugar donde ella podría estar, más adelante, antes de llegar a Springfield Park, al lado de un motel casi tan mierda como el Cross. Sube las escaleras hasta el espectáculo erótico. Katya trabaja aquí a veces cuando está desesperada. Tienen un montaje como en París Texas. Pones dinero en una ranura, se abre un panel y una chica actúa delante de ti como lo hizo Natassja Kinski con Harry Dean-Stanton. Es extrañamente brillante, pero el lugar está sucio, y hay cabinas de vídeo instaladas donde puedes hacer lo mismo. Traga monedas de un dólar y ver porno duro. Papel higiénico en un gancho para limpiarse al terminar.

Travis se dirige al mostrador, donde un empleado aburrido le pregunta cuántas monedas quiere. Travis dice:

—Estoy buscando a Katya.

Su móvil suena mientras el tipo dice:

—No conozco ningún nombre de chica, sólo trabajo...

—Sí, sólo trabajas aquí. —Y Travis responde a su teléfono. Es el policía, Olsen.

—Ann está muerta, Travis. La chica no pudo sobrevivir al ataque con el cuchillo. Esto es un asesinato ahora. Necesito hablar contigo de nuevo.

—De acuerdo. Iré mañana.

—Necesito que lo hagas tan pronto como hayas dormido un poco. Antes. Esto es un asesinato, Travis.

—Tú lo has dicho. Estaré allí a la 1 o 2 de la tarde después de dormir un poco.

—Asegúrate de ello.

Olsen cuelga. Travis no la mató. El policía lo sabe pero... cree que Travis sabe más.

Travis se dirige a la cabina donde las chicas bailan en directo, introduce algunas monedas. El panel se abre, pero no es Katya.

Mete la mano bajo el panel, para mantenerlo abierto, y dice:

—Katya, necesito verla, es urgente.

Travis se sorprende cuando la chica dice:

—Está en la sala privada, al final del pasillo.

Se da la vuelta, abre la puerta, mira a su alrededor, encuentra el pasillo y avanza. Hay una puerta abierta. Una chica está sentada en un viejo sillón roto, cabeceando, drogada con heroína, con marcas de agujas en los brazos. Por una fracción de segundo, cree que es Katya, pero no lo es. Está demasiado ida. Katya es una drogadicta, pero una que funciona.

—¿Dónde está Katya? —dice en voz alta.

—Soy Katya —dice la chica, sonriéndole enfermizamente—. Soy Mary Lou y también el capitán de la Isla de Gilligan.

—A la mierda con esto. —Travis sacude la cabeza.

Se da la vuelta y sale a las escaleras.

El chico indígena de la galería de tiro está sentado en el último escalón.

—Hola, señor futbolista.

—Hola, siento lo de la silla.

—No es mi lugar, solo paso por ahí. Perry conoce al hombre del cuchillo.

—¿Qué?

—El amigo de Katya, el proxeneta, traficante, lo conoce.

—¿Cómo lo sabes?

—Me habla después cuando está relajado, ¿sabes lo que quiero decir?

—Te paga.

—Sí.

—¿Por sexo?

—Como quieras llamarlo.

—¿Qué es lo que...?

—Me dijo que había un tipo que quería hacer esa mierda. Fue hace unos días. No sé nada más, pero como dije, Perry conoce a alguien que quería esto. Debe.

—¿Cuál es tu nombre, chico?

—Lo que quieras que sea. No diré nada a la policía. Diles que no te conozco, futbolista.

—Vale, de acuerdo.

Su teléfono vuelve a sonar.

—Hola —dice una voz lejana.

—Katya, ¿dónde mierda estás...?

—Dile a la policía que fui yo quien envió a Ann.

—¿Dónde estás?

—¡Oye! Dile a la policía que...

—Les dije que no sé dónde estás, pero ellos lo saben. Mick les dijo que te di una habitación gratis.

—Mierda.

—Katya, está muerta. Ann está muerta.

—Necesito un lugar para quedarme.

Travis buscó en su bolsillo las llaves de la casa de Billy. Presionó sus dedos a través de sus pantalones sobre ellas.

—Tengo un lugar para ti. ¿Dónde está Perry?

—No lo sé. ¿Dónde está este lugar?

Le dio la dirección de Billy en Darlinghurst, diciendo:

—Estaré allí en diez minutos.

—Gracias, Travis, te lo debo.

Travis mira al joven y le dice:

—Yo juego en Randwick, si quieres venir a jugar, avísame. Ya sabes dónde trabajo. Podría cambiar tu vida.

—Como cambió la tuya —dice el chico.

Travis se encoge de hombros y empieza a bajar las escaleras. Cuando llega al último escalón, el chico grita:

—Podría hacerlo. Podría ir a jugar.

CAPÍTULO CUATRO

Billy vive en la calle Surrey, a dos manzanas de la concurrida franja de cafés de la calle Victoria. Travis estaciona su coche en la puerta. Abre la puerta de la casa de Billy. Está cerca. Katya llegará pronto. Ella le llevará hasta Perry. Sacude la cabeza y un olor nauseabundo lo golpea mientras camina por el pasillo hacia la cocina. Hay agua que se filtra por debajo del refrigerador. Intenta encender las luces. No hay electricidad. Vuelve a recorrer el pasillo hasta la caja de fusibles. Todo está encendido. ¿Qué demonios? Oye que empieza a llover con fuerza y se estremece. Suena su teléfono.

—Sí.

—Estoy afuera.

—Bien.

Abre la puerta y Katya está allí. El pelo rubio y corto, la cara redonda y húmeda, la nariz de un cuadro de Picasso, su belleza preservada en lugar de destruida por las drogas. ¿Pero por cuánto tiempo? La saca de la lluvia. Está lloviendo a cántaros.

—Ha empezado a llover hace unos segundos y estoy empapada.

—Ven. Ven. Debería haber ropa en la recámara.

La toma de la mano y la lleva por el pasillo. Lleva una falda vaquera corta y unos leggings negros. Una camisola negra sobre un sujetador morado. Tiene el pelo multicolor con un flequillo sobre sus ojos azules. Travis se ha quedado mirándolos a menudo, riéndose con ella muchas veces mientras le contaba historias sobre todas las locuras que hacía.

Puede que esté enamorado de ella.

Encuentra una camisa azul de franela y un pantalón de chándal en el armario, y se desnuda sin pudor. Travis mira, se da la vuelta y vuelve a mirar mientras se los pone.

—Se ha cortado la luz.

—¿De quién es esta casa?

—Billy, un amigo de Ahn. Te hablé de Ahn. Ha desaparecido. Tenemos que hablar ahora. Necesito saber dónde está Perry.

—Mierda. Mierda. Siento lo de Ann, no lo sabía... ¿cómo iba a saberlo?

Las lágrimas corren por sus mejillas.

Travis se pregunta si ella podría ser actriz consumada. Ella vive toda su vida estafando a la gente. ¿Pero este tipo de maldad?

—Perry. ¿Dónde está él, ella? Lo que sea.

—No lo sé —dice ella, moqueando ahora, más lágrimas—, se mueve de un lugar a otro cada pocos días. Volví al hotel donde estaba en Surry Hills, pero se había ido. Entonces te llamé a ti.

—¿Dónde está ella...? Oh, mierda. ¿Qué es ella? ¿Él? ¿Cómo la llamo?

—Él. Sólo se viste de mujer.

—Suenas...

Empieza a llorar de nuevo y dice:

—Ann era una niña. Sólo una niña.

—¿Por qué querías la habitación libre, Katya? Necesito saberlo.

—No es posible que pienses... Yo. No, tú no piensas eso. No te atrevas.

—Tú no, Perry. Otra vez. ¿Cómo puedo encontrarlo?

—Te lo he dicho, joder. Se mueve por todas partes. Más que nunca ahora con Airbnb. O está arruinado o es rico. No hay un punto intermedio.

—¿Te pidió que le consiguieras la habitación gratis? ¿Conocía al tipo de Ann?

—No me preguntes de nuevo, Travis. Puedo sentir la acusación en tu voz. Por favor, deja de hacerlo. Me estás asustando.

—Bien, bien. Tengo algo de marihuana. ¿Quieres drogarte?

—Oh, sí, por favor.

Travis enrolla el porro. Tendrá que recorrer todo el lugar en busca de pistas para ver dónde está Billy. Pero esta noche no. Ya ha terminado. Una gran fumada con Katya, y luego a dormir.

CAPÍTULO CINCO

TRAVIS SE DESPIERTA CON UNA SACUDIDA. SUS OJOS SE abren de golpe. ¿Dónde mierda estoy? piensa. Mira a su alrededor, con la mente en marcha, buscando algo que identifique dónde está. Entonces se da cuenta como un tren. Le falta el aire. La imagen de la chica cortada en pedazos. Su corazón empieza a acelerarse, respira profundamente. Recuerda su técnica. Coloca su mano sobre el pecho, inspira profundamente, exhala lentamente, contando de cinco a uno y una y otra vez. Ahora puede respirar con normalidad, pero busca sus cigarrillos en la cómoda junto a la cama. No encuentra el encededor.

Se levanta de la cama, toma sus vaqueros del suelo, recoge su camisa negra. El encendedor cae al suelo. Se abrocha los botones de la camisa, se arropa. La maldita Ahn le arrancó el botón. Enciende su cigarrillo, expulsa el humo directamente. Tendrá que correr por café y un croissant hasta la calle Victoria. Inhala el humo de su cigarrillo Stuyvesant, lo expulsa directamente, sonriendo. Le encanta fumar, siente que puede salirse con la suya, jugando en la categoría baja de Randwick, a un millón de kilómetros de lo que podría haber sido. Sólo empezó a fumar cuando se mudó a Sydney, cuando supo que nadie volvería a arriesgarse con él.

Llama a la puerta de la habitación de Billy. No hay respuesta. Vuelve a llamar y entra, pero Katya se ha ido. Que se joda. ¿Cómo va a encontrar a Perry? Camina por el pasillo. La puerta principal está abierta. Santo Dios. ¿Si ese asesino estaba cerca, mirando? Se da cuenta. ¿Habría tomado a Katya? ¿Podría hacerlo? ¿Durmió tanto? Llama a Katya. Sorprendentemente ella contesta:

—Hola, compañero, gracias por lo de anoche. Escucha, lo siento, yo...

—Dejaste la maldita puerta delantera abierta.

—Oh, lo hice. Um, necesitaba mi dosis, bebé. Anoche tuve calambres a las 3 de la madrugada. Tuve que salir corriendo.

—¿Perry?

—Te lo dije, Travis. Si lo encuentro. Y lo veré, en algún momento, siempre lo hago. Te llamaré enseguida.

Terminó la llamada.

Travis llamó a Ahn.

—Travis, ¿dónde estás?

En casa de Billy. La energía está cortada. ¿Puedes volver a encenderla?

—Si conozco a Billy, olvidó pagar la factura. Creo que está con Simply Energy. Les llamaré.

—No tengo tiempo de hacer nada hasta esta noche. Volveré aquí después del entrenamiento. Revisa todo el lugar, busca algo que pueda decirnos dónde está.

—¿Qué tal ahora?

—Tengo que volver a ver a los policías. La chica ha muerto. Es un asesinato. Necesito un abogado. Sé que puedes encontrarme...

—Angelo Puglisi.

—Eso salió rápido.

—Es brillante. Jason Weaver fue su mentor. Ahora trabaja para Andy Chui. ¿No lo conoces?

—No.

—Mi padre los conoce a ambos. Es un gran tipo y un hombre en ascenso. Hizo el caso de Simon Law.

—¿El traficante de drogas?

—Presunto.

—Lo sacó de la cárcel.

—Sí. ¿A qué hora tienes que ver a la policía?

—A primera hora de la tarde. Escucha, reúnete conmigo en el café de Gabby en media hora para desayunar.

—Tengo que ir a trabajar.

—Deshazte de ellos.

—Trabajo para...

—Sé para quién trabajas. Tómate un par de horas libres. Un puto permiso menstrual o algo así.

—O algo así —dice Ahn y empieza a reírse—. Maldita menstruación...

—Ja, ja, lo siento. No estoy de acuerdo con eso... Mierda. Sólo ve allí, ¿sí?

Travis termina la llamada. Son las 9 de la mañana.

Dejó el apartamento como estaba, todavía apestando por la comida podrida en el refrigerador. Lo haría todo cuando volviera. Cuando volviera la luz. Cerró la puerta principal y miró a su alrededor. Un tipo paseando uno de esos hermosos labradores marrones. Unas colegialas caminando y hablando a un millón de kilómetros por hora, totalmente ajenas a él, incluso cuando pasa por delante de ellas y se sube al Triumph. Gira la llave en el contacto y suena su teléfono. Mira hacia el asiento del copiloto, donde se encuentra el teléfono, y ve el nombre de Mick en la pantalla. Apaga el coche y contesta:

—Mick.

—Sí, Travis, hablé con la policía anoche y esta mañana. La pobre chica está muerta.

—Sí.

—¿Eso es todo?, ¿sí?

Travis no dice nada. Pasan unos segundos, pero a Travis le parecen dos o tres minutos, y aun así, mantiene la boca cerrada.

—Tengo que despedirte, amigo. Todo el asunto del dinero en mano, sin tarjeta de crédito, me puso en la mierda, amigo —dice Mick.

—Entiendo, Mick. Aprecio la oportunidad que...

—Vamos Travis, es un trabajo de nada, puedes hacerlo mejor.

—No estoy muy orgulloso, Mick. Necesitaba el dinero, todavía lo necesito.

—Bien. Mantente en contacto, amigo.

La llamada termina.

Mick lo llama amigo, amigo, maldito amigo.

Vuelve a arrancar el coche, conduce rápido hasta la calle Victoria, gira a la izquierda y conduce hasta la calle Oxford, pasando por el hospital donde murió Ann. En la calle Oxford, acelera de primera a cuarta velocidad, y luego en quinta. Pone los Hoodoo Gurus en la pletina, sube el volumen hasta Campbell Parade y encuentra un estacionamiento frente a la tienda de surf, a unos cien metros del café de Gabby.

Entra en la cafetería. Ahn ya está allí. Se levanta. Se ha afeitado la cabeza con un corte de navaja del número dos de la noche anterior. Lleva cordones rojos, una camiseta naranja con el algodón pegado al contorno de sus pechos pequeños y redondos, sus pezones también presionando el algodón. Travis dice:

—Sigues sin perder el tiempo, ¿verdad?

—Me conoces.

—Sí, te *conozco*.

—Pero me gusta. Me siento con poder.

—Eso de quemar el sujetador lo has clavado. Pareces una lesbiana. Una lesbiana sexy.

—Gracias, creo.

—¿Cómo te fue con el trabajo?

—Me tomé el día libre. No vas a creer esto, pero he estado allí durante dieciocho meses, y este es mi primer día libre.

—¿Recuerdas la primera vez que vinimos aquí? Cuando llegamos por primera vez a la ciudad, hace dos años y medio.

—Lo recuerdo. Mira, sobre anoche yo...

—Lo entiendo, Ahn. Frustración.

—Maldito Billy. Revisé su casa, pero nada parecía raro.

Travis piensa que probablemente fue de habitación en habitación sin siquiera abrir un cajón.

—Bien, me pondré en ello. Tengo que ir a casa y cambiarme de ropa cuando terminemos aquí. Puede que tenga tiempo de echar un vistazo antes de ver a la policía. ¿Qué pasa con este tipo Puglisi?

—Se reunirá contigo en el Café Fountain a las 12:30.

—Ah, claro. Bien. ¿Cómo es?

—Alto, delgado, traje caro, cola de caballo.

—Llevando la cola de caballo en la corte, interesante.

La camarera, una criatura alta y rubia, se sitúa junto a su mesa. Piden el especial para el desayuno, con un café con leche para Travis y un té verde para Ahn.

—¿Discutiste con Billy?

—Nada. Nada importante, de todos modos. No lo entiendo. No lo hago. Yo...

—Puedo ver que estás preocupada, no tranquila, lo que no es de ti.

—Por favor, encuéntralo.

—Lo haré, no te preocupes. Te enviaré un mensaje con mi cuenta bancaria y el BSB. Necesito el dinero.

—Tengo tus datos de cuando te presté ese dinero el verano pasado...

—Oh, sí, menos mal que te pagué el dinero.

—He intentado no decir nada, pero ¿qué haces Travis? Todavía en ese pequeño y sórdido trabajo y ahora con esa chica asesinada anoche. ¿La has visto? ¿Estás involucrado?

—Tengo que darte un sin comentarios en todo eso. Sé que probablemente lo viste en las noticias, pero no puedo decir nada.

—Así, ¿eh?

—Para tu información, me han despedido sentado en mi coche fuera de la casa de Billy antes, así que no te preocupes más por mí como gerente nocturno en el Cross.

Ahn le pone la mano en el antebrazo, él la mira a los ojos negros como el carbón y ve que está realmente molesta. Terminan de comer y beber, Travis dice:

—¿Qué vas a hacer en tu primera baja?

—Podría ir a Newtown. Ir a comprar ropa. Después me pondré al día con Tara.

—¿No va a trabajar?

—No. Tara no trabaja.

Ahn vive en North Bondi, Travis le ofrece llevarla, pero ella dice:

—No, voy a caminar. Hazme saber cómo resulta.

—Lo haré.

Se despiden con un beso en la entrada de la cafetería. Travis se dirige a su coche, entra y enciende su teléfono. Un mensaje de Olsen. Esté en la comisaría de Kings Cross a la 1 de la tarde para una entrevista formal. Travis suspira. Conduce hasta su departamento en la avenida Lamrock, sube las empinadas escaleras, baja por el camino lateral hasta su puerta principal, la abre y empuja la puerta. Está lleno de cosas, pero limpio y ordenado. Ayer había hecho la limpieza semanal antes del trabajo. Parece que fue hace más de un día, más bien hace una semana. Mierda, se olvidó de preguntarle a Ahn sobre la energía. Hizo una llamada rápida, y ella le dijo que estaba de vuelta. La factura llevaba tres meses sin pagarse, y Billy recibía una factura mensual. ¿Qué mierda estaba haciendo ese hijo de puta?

———

Verifica el saldo de su cuenta bancaria a través de la aplicación de su teléfono. Ahn ya ha ingresado los 2100 dólares. Sonríe. Que se joda la casa de Billy. Lo hará después del entrenamiento. Ya no está trabajando. Son las 10:30 de la mañana. Se da una ducha, se viste con unos Levi's negros, una camiseta negra, una sudadera azul con capucha, se pone unos Nike azules, baja corriendo al coche y conduce rápido, como siempre, hasta el Cross, estaciona en el edificio de departamentos de la avenida Ward. Todavía no le han cambiado el código.

Camina rápidamente hasta el cajero automático junto al Crest Hotel en la calle Darlinghurst y saca quinientos, camina rápido, como si llegara tarde a una entrevista de trabajo, por el Crest Hotel Arcade, hasta el tabulador en la parte superior de la calle Victoria. Tiene una hora o más para jugar a los caballos y galgos antes de encontrarse con Angelo Puglisi. Rellena el primer boleto de apuestas del día, y cuando está a punto de darse la vuelta y dirigirse al mostrador su corazón empieza a latir rápidamente, no puede respirar. Se le viene a la cabeza el hombre del cuchillo, el asesino, como quiera llamarlo. Travis ha estado ocupado. Se ha olvidado del hombre. Se sienta, se pone la mano sobre el pecho, hace sus ejercicios de respiración, vuelve lentamente a la normalidad. El tipo detrás de las pantallas de cristal dice:

—¿Estás bien, amigo? Parecías tener un poco de problemas ahí.

Travis mete el formulario en la máquina, toma el billete del tipo viejo y dice:

—Estoy bien, gracias por preguntar.

Se queda fuera, fumando, viendo la carrera, mirando a su alrededor ahora, estaba en el territorio del asesino, pero también era el territorio de Travis. Lleva dos años y medio trabajando allí, desde que llegó a Sydney, y por la noche, justo en el corazón del Cross. Ven a buscarme, imbécil sin agallas, piensa. Su teléfono suena. Su padre. Le salta el buzón de voz.

Su caballo corre en segundo lugar, pero tenía cien en el blanco. Travis no cree en las apuestas de lugar o de ida y vuelta. Busca en las guías de apuestas de Nueva Zelanda, en las carreras locales de Taree, más al norte, en Brisbane, en busca de la gran apuesta. Pensando en Ann. Su cuerpo cortado en pedazos. El asesino mirándole a los ojos. Si lo está vigilando, habría atacado en la casa de Billy con la puerta abierta de par en par. La maldita Katya y ese imbécil de Perry. ¿Dónde estaba? Pero entonces, pensó Travis, habría perdido al tipo cuando se dirigió a la casa de Ahn *si* lo hubiera estado siguiendo.

CAPÍTULO SEIS

TRAVIS ENTRA EN EL CAFÉ FOUNTAIN, MIRA A SU alrededor, no puede ver al tipo, se sienta en la ventana de la calle Darlinghurst, feliz de no tener a nadie alrededor o detrás de él. Su teléfono vuelve a sonar. Su padre otra vez. Lo vuelve a rechazar. Angelo Puglisi pasa por la calle y entra en la cafetería. Mira a su alrededor y Travis le saluda.

Angelo, con el pelo largo y negro recogido en un moño, traje negro caro, camisa azul cielo, corbata de seda negra, se pone de pie con la espalda recta y extiende la mano al llegar a la mesa. Travis se levanta, le da la mano, Angelo dice:

—Travis, veinticuatro horas difíciles para ti.

—Sí, ni siquiera veinticuatro, ahora va a pasar más mierda.

Se sientan.

—¿Qué puedes contarme?

Travis repasa la historia, incluyendo la llamada que recibió de Katya, sus sospechas sobre Perry, el chico indígena, lo que también dijo sobre Perry. Rastreando hasta el asesinato. Encontrar a Ann descuartizada, el asesino mirándole fijamente, imitando el corte del cuchillo en su garganta. Su charla con Katya en casa de Billy. Le habló de su actual trabajo buscando a Billy. Angelo sonríe ante esto. Travis le dice que no quiere que Katya se meta en esto. Cree que Perry es la clave para encontrar al tipo.

—Travis, Ahn me dijo que eres un investigador privado.

—Sí, lo soy.

—Entiendo que quieras encontrar al tipo que mató a Ann porque tienes miedo, pero mi consejo es que seas cauto. No digas nada a la policía que no hayas dicho ya. Me alegro de que me hayas contado todo, sin embargo, tus preocupaciones sobre Katya.

—¿Y ahora qué?

—Entramos ahí. Empiezan a interrogarnos. Les digo que mi cliente no está obligado a responder a ninguna pregunta, y así es como va. Te hacen una pregunta, tú no dices nada, yo digo que mi cliente no está obligado a responder a ninguna pregunta. ¿Estamos bien? —dice sonriendo.

—Sí, estamos bien.

—Vamos, entonces.

Se sientan frente a Olsen y Lynch, y le leen sus derechos, comienzan el interrogatorio. Olsen comienza.

—Travis, Ann Gables está muerta. La registraste en el Motel Cross anoche sin una tarjeta de registro. ¿Por qué?

—Mi cliente no está obligado a responder a ninguna pregunta.

Así fue durante veinte minutos. Travis sintió que se calentaba cada vez más. Él sí quería ayudar, creía que podía ayudar, pero siguió el consejo de su abogado, entonces tomó un rumbo diferente.

—Ibas a ser la superestrella, ¿no es así Travis?

Angelo mira a Travis, que se encoge de hombros y baja la mirada.

—Pero todo se fue al traste, ¿no? Chico de oro. Ibas a ser

uno de los cinco mejores, quizá uno de los tres mejores, quizá el número uno de la preliminar. Travis Whyte de los Oakleigh Chargers. Pero la jodiste Travis, como la jodiste anoche, pedazo de mierda. Quiero respuestas. Esa chica está muerta. Empieza a hablar, pequeño idiota.

Angelo mira a Travis, pero le dice lentamente a Olsen:

—Mi cliente no está obligado a responder a ninguna pregunta.

—Una mierda que está obligado. Salgan de aquí, los dos. No he terminado contigo, Travis, ni por asomo, héroe.

Travis y Angelo salen de la comisaría de Kings Cross. Travis saca sus cigarrillos, saca uno de la cajetilla, saca el encendedor del bolsillo, prende la llama al cigarrillo, aspira el humo profundamente, exhala el humo en el aire frío y seco.

El cielo es de color gris sucio, permanecen juntos durante unos minutos, y luego Angelo dice:

—¿Es cierto que estabas entre los cinco primeros de la preliminar?

—Sí.

—¿Qué pasó? ¿De qué hablaba Olsen?

—Te lo diré, tal vez en otro momento.

—Estuviste muy bien ahí, Travis. Muchos tipos habrían querido soltar su historia y...

—Puedo seguir instrucciones. Hice mi curso de Grupo de Auditores Externos. Sé que la regla número uno es no decir nada. Anoche prácticamente no dije nada.

—Buen entrenamiento.

—Sí, es curioso, Ahn me ha hecho perseguir a Billy. Ha desaparecido. ¿Conoces a Billy?

—Sólo por la reputación. Creo que, a mi jefe, el Señor Chui, creo que le podrías gustar.

—Conozco al Señor Chui por su reputación.

—Sí. Ya conoces esta zona. Has estado trabajando por la noche aquí durante dos o tres años.

—Si tienes trabajo, por favor llámame. No puedo agradecerte lo suficiente por lo de hoy. Me tengo que ir, tengo entrenamiento de fútbol.

—¿Todavía juegas?

—Me encanta el juego.

Angelo extiende su mano de nuevo. Travis la estrecha y dice:

—Tengo que irme, amigo. Encantado de conocerte. —Y se apresura a subir las escaleras, a cruzar el parque de cemento, a pasar por el Café Fountain, con sus ojos, lanzados de izquierda a derecha. Se detiene frente al Motel Cross. Ve a Mick sentado en la recepción. Eso no le gustaría. Siempre pensó que estaba por debajo de él trabajar en el mostrador. Travis siguió caminando rápido, a la izquierda por la calle Roslyn hasta la avenida Ward, hasta su coche. Se entrenaba duro, se dejaba la piel corriendo y placando, intentaba que sus patadas y balonazos fueran lo más precisos posible.

CAPÍTULO SIETE

TRAVIS CORRIÓ Y BOTÓ EL BALÓN DE FÚTBOL AL MISMO tiempo, haciéndolo rebotar directamente en su pecho, de forma experta. Empieza a llover ligeramente, el viento se levanta. Mira a su alrededor, esperando que el chico indígena aparezca, pero no se le ve por ninguna parte. Quizá lo busque de nuevo esta noche. Perry y Katya siguen dándole vueltas a su cabeza.

Algunos de los chicos le preguntan por el ataque en el Cross. Les dice que no puede decir nada. El presidente del club entra en las habitaciones después del entrenamiento, habla con su jugador estrella y le pregunta si estará bien para el partido del domingo. Travis sonríe y se ríe, y dice:

—Claro, jefe, tan bien como el oro.

Después del entrenamiento, se dirige a su casa en Bondi, recoge un cambio de ropa para una semana, algunos CDs y DVDs. Una pequeña bolsa de marihuana del cajón de la cocina. Pasa por la vinatería del Hotel Bondi y toma una botella de vodka. En casa de Billy vuelve a haber electricidad. Pone a Lou Reed a todo volumen, va a la cocina, la limpia como un profesional. Tira toda la comida podrida, la leche vacía y otros envases de bebida en la basura que hay en el pequeño espacio cuadrado del patio trasero, y los saca por delante, fuera de la distancia de los olores.

Luego se ducha, se pone unos Levi's negros, una camiseta negra con Studio Weekend escrito en el pecho en blanco. Unos Docs negros, una chaqueta de camionero Levi's roja. Se mira en el espejo. Los gruesos pómulos, su pelo castaño claro cada vez más largo. Piensa en Ahn afeitándose la cabeza de la noche a la mañana por capricho. No hace falta un peluquero. Se enrolla un porro. Saca el vodka de la nevera, vierte una gran medida en un vaso de chupito, da un sorbo, enciende el porro, y el humo sube y lo rodea, y termina el chupito de vodka, da profundas caladas al porro hasta que se convierte en una colilla, lo apaga en un cenicero de cobre. Se levanta, se da la vuelta y sale al pasillo, a la habitación de Billy.

Abre el cajón superior de la cómoda junto a la cama. Ropa interior y calcetines. Busca en la ropa interior y no encuentra nada. Hace lo mismo con los calcetines enrollados, encuentra dos pequeñas bolsas de monedas, con polvo blanco dentro. Se moja el dedo medio con la lengua y lo sumerge en una de las bolsas. Es anfetamina, no coca, así que quizá no le iba tan bien como Ahn pensaba, aunque conocía a gente a la que le gustaba más la anfetamina. Si fuera hielo, se preocuparía. El segundo cajón era de camisetas blancas, tal vez diez. Travis metió las manos y en el fondo del montón había un diario, también una carta manuscrita dirigida a *Querido Billy*. Dobla la carta para meterla en el diario y leerla más tarde, pero se detiene. Llega hasta el final de la carta, está firmada, *con amor, Jeffy*. Travis la lee entera; es una carta de amor. Billy se balancea en ambos sentidos. El diario podía esperar hasta que hubiera buscado en todas las demás partes.

No había nada más en el segundo o tercer cajón. Se dirigió al armario empotrado y empezó a retirar las perchas, lentamente, una por una. Un par de chaquetas deportivas negras. Miró la etiqueta. Uniqlo, la tienda de ropa japonesa. No son caras, pero parecen caras. Metió las manos en todos los bolsillos, salió con una lámina de lo que parecía un palo de Buda tailandés. Ya no se consiguen estas cosas. Es marihuana, todas las cabezas gruesas y pegajosas, con hilo atándolo a un palo fino de madera. Travis la huele. Es penetrante. Vuelve a pensar que ya no se consiguen estas cosas. Mi padre me lo contaba.

Encontró dinero en efectivo en pantalones y otras chaquetas, unos trescientos en total. ¿Un hombre descuidado o simplemente le va bien, tal vez? Suena su teléfono, un número que no conoce, contesta.

—Hola.

—Travis, Angelo Puglisi.

—Sí.

—¿Puedes reunirte con el Señor Chui el domingo para comer?

—Estaré jugando fútbol.

—De acuerdo, te llamaré. ¿Estás bien?

—Sí.

—¿Has encontrado a tu amiga Katya? ¿O al otro, Perry?

—No, pero me has recordado que debo seguir llamando a Katya. Necesito unos minutos con Perry. Creo que...

—Recuerda lo que dije, deja que la policía haga su trabajo. Si encuentras a esta persona, a este Perry, llámame y yo llamaré a Olsen, le diré dónde está Perry, y tú mantente alejado de todo.

—Bien, tienes razón. Lo haré. Puedo encontrarme con el Señor Chui mañana, pero no el domingo.

—Te llamaré.

Travis pulsa el botón de finalización de su teléfono. Llama a Katya de inmediato. Buzón de voz. Mierda.

Su teléfono suena de nuevo. Su padre. Mierda. Fue un idiota por no llamarlo.

—Hola, papá.

—Travis, he visto lo que ha pasado en las noticias. ¿Estás libre de eso? ¿No hay problemas?

—No, papá, no hay problemas. Ya conoces a los medios de comunicación, lo exageran.

—Sí. ¿Sabes algo de tu madre?

—No, la llamaré.

—Juegas en la semana...

—Sí, un gran partido contra Maroubra. Segundo contra tercer.

—Recuerda tus goles. Treinta disposiciones por partido y...

—Lo tengo; dices lo mismo cada quince días.

—¿Consigues tus treinta...?

—Sí, sí. ¿Y tú?

—Estoy corriendo cada dos o tres días, empecé a hacer algunas caminatas por el monte, dos horas de ida, dos horas de vuelta. Marysville, Dandenong Ranges y Sherbrooke. Es hermoso, aire fresco, lo recomiendo.

—Bien, eso es bueno. Estoy trabajando, tengo que irme, pero te llamaré.

—No hay problema, hijo, juega lo mejor posible. No importa el nivel...

—Juega lo mejor que puedas.

Travis termina la llamada. Su padre dejó la bebida y la marihuana hace unos diez años, pero su madre ya se había ido para entonces.

Sigue buscando en la habitación. Encuentra un teléfono en el estante superior del armario y lo enciende. Todavía tiene mucha batería. No tiene contraseña. Va a los contactos, sólo tres números de Declan, Shaun y Farez. Farez es un nombre libanés o marroquí quizás. Llama a Farez y espera. Empieza a sonar. Alguien dice:

—Billy, ¿eres tú?

Como si no debieras llamarme ahora.

—Sí, soy Billy.

—Suenas raro.

—Resfriado. ¿Quieres que nos pongamos al día?

—¿Desde cuándo nos ponemos al día?

—Oh, eh...

—¿De qué me conoces, Billy?

Travis termina la llamada.

Pone el móvil en el bolsillo de su chaqueta. Tiene que pedirle a Ahn el número de teléfono de Billy. También quiere saber qué pasa cuando ella llama a Billy. ¿Es el buzón de voz o suena? ¿Quiénes son esos tres tipos?

La llama.

Ahn contesta. Vamos.

Ella contesta.

—Es Travis. ¿Conoces a Declan, Shaun o Farez?

—Declan es el gerente del bar del club de Billy.

—Lo que me hace preguntar, ¿qué mierda está pasando con su club mientras está desaparecido?

—Declan lo dirige. Le llamo todos los días. Deposita el dinero en una caja fuerte nocturna en la calle George a las 7 de la mañana cuando el club cierra. Todo parece estar bien. Billy me dijo lo que gana a menudo.

—¿Declan es un tipo de confianza entonces?

—Sí. ¿Shaun y quién?

—Farez.

—No, ¿no los conozco?

—¿De dónde sacaste esos nombres?

—Trozos de papel, notas dejadas en la basura de Billy.

—Oh.

—¿Qué pasa cuando llamas al móvil de Billy?

—Directamente al buzón de voz, no suena en absoluto.

—Hablamos más tarde.

Billy dirige un club retro de los 80 en la ciudad. Travis decide que tendrá que ir allí esta noche, aunque sea brevemente, para hablar con Declan. Sigue buscando en el departamento pero no encuentra nada más de interés. Usará la anfetamina esta noche. Tiene su propia marihuana. Quiere saber dónde compraría un palo de Buda tailandés como ese. Se pondrá en contacto con Gavin en el Cross, y tratará de averiguarlo a través de él.

Se toma un par de líneas de anfetamina, unos cuantos vodkas, se fuma un porro mientras ve el St Kilda contra Swans en el Canal Siete. A veces le resulta difícil verlo. Tipos que habían estado en su año de reclutamiento estaban jugando para ambos lados, pero él amaba el juego demasiado como para apagarlo. Los Swans ganan, un tipo llamado Ahmed Salim patea cinco para ellos desde el flanco de media punta. El tipo era electrizante.

Travis se mete la bolsita en el bolsillo junto con el palo de Buda envuelto en unos pañuelos. Está muy pegajoso. Revisa la puerta trasera y la cierra con llave. Angelo pensaba que Travis era un tipo genial, pero tampoco había llamado para hablar de otra hora para la reunión con Chui. Ahn trabajando para Pete Rose y Angelo para Chui. Un par de jodidos traficantes de ruedas a la antigua usanza. Creadores de Premier; creadores de MP's, como el ex-profesional del tenis, John Anderson, que se ve bien y hace lo que se le dice. Chui y Rose son sobornadores del consejo local, amigos con beneficios de los jefes de los poderosos sindicatos de la construcción, y son los constructores de centros comerciales, complejos de edificios de apartamentos y horribles residencias de ancianos. Sabe que Chui regenta locales de apuestas ilegales por toda la ciudad, y que en todo momento ambos juegan a todas las bandas y ganan. Todo el mundo lo sabía. Stuart Dunn, el presidente de su club de fútbol, le habló de ellos un día que se había tomado unas cuantas. Dunn estaba un par de peldaños por debajo de ellos, como Travis estaba ahora muchos peldaños por debajo de los grandes. Cada uno había encontrado su nivel; sólo Dunn estaba satisfecho y Travis no. Esta oportunidad con Chui era lo único que quería. Una oportunidad en el gran momento de nuevo, sólo que ahora en un papel diferente.

———

Andy Chui le ha dicho a Angelo que organice la reunión con Travis mañana por la tarde. Angelo quiere comprobar algunas cosas con Ahn, la llama.

—Angelo.

—Hola Ahn, creo que podría tener un trabajo para Travis.

—Genial.

—Quiero comprobar algunas cosas. ¿Por qué rompieron?

—Le gusta el lado sórdido de la vida. Se queja de ello, pero se deleita en ello.

—¿Y?

—Es de una buena familia. Fue a una escuela privada antes de ser expulsado. Podía jugar fútbol mejor que nadie. Me encantaba verlo jugar, pero ahora casi no lo hago.

—¿Qué pasó?

—Será mejor que le preguntes a él. Podrías buscarlo en Google. Averiguar medias verdades. Mi padre no lo aprobaba. Travis era demasiado salvaje. Un futbolista. Lo llamó buscador de atención. Hizo algo. Algo que arruinó el sueño de Travis. ¿Entiendes?

—Creo que sí. ¿Pero se quedó contigo?

—No lo hice, y probablemente sintió que si me tenía,

ganaba. En ese momento yo ni siquiera hablaba con mi papá. Vinimos a Sydney para alejarnos, pero como he dicho, él nada en ese mundo sórdido y de mala muerte. Lo he superado.

—¿Algo más?

—Es sexy. Algunas de mis amigas no podían entender lo que veía en él; todavía no pueden. Pero nuestros cuerpos encajaban el uno con el otro; sus hombros, su duro estómago... y sí, su pito, encajaba perfectamente conmigo. Era caliente. Sabía cómo hacer que me corriera. Todavía lo hace. ¿Cómo es eso?

Angelo tose, se pasa la mano derecha por el pelo, toma aire.

—Probablemente no es lo que estoy buscando, pero...

—Es un trabajador sólido. Puede encontrar gente si eso es lo que planeas que haga. También es leal. Trabajó en esa mierda de Cross hasta ayer, no creo que se haya tomado un día libre. Todavía se divierte mucho. Como dije, nada con los tiburones.

—¿Estás tomando tus medicinas?

—Sí, ¿por qué?

—Suenas un poco drogada.

—Demasiado café, y no me conoces lo suficiente como para preguntar eso.

—¿Qué hay de ti y de tu padre?

—Es mi padre. Un ogro, pero mi padre. Rompí con Travis, seguí adelante, mi padre me consiguió mi trabajo, y soy buena en él. Mi padre dice que puedo oler una rata.

—Y encontraste a Billy.

—Sí.

—Pero ha desaparecido.

—Travis lo encontrará.

Angelo termina la llamada, llama a Travis, que está a punto de salir del departamento.

—Angelo.

—Mañana a las 3 de la tarde, en el departamento del Señor

Chiu en Potts Point. Te enviaré la dirección por mensaje de texto.

—Pensé que vivía en Crow's Nest.

—Es dueño de muchas propiedades.

—Estaré allí.

—Tengo curiosidad, Travis. ¿Qué vas a hacer el viernes a las 11 de la noche?

—Voy a ir al club de Billy. Hacer algunas preguntas a Declan, el gerente nocturno. Tal vez indagar un poco. Después de eso, es mi momento.

—¿No le temes al asesino?

—Amigo, él me vio. Me miró a los ojos. *Mis* ojos estarán recorriendo las calles delante y alrededor de mí constantemente, pero no puedo cambiar mi vida. Tengo algunos trabajos que hacer ahora.

—Otra cosa, Travis. Olsen me llamó, me dijo que había cámaras de seguridad anoche fuera del Motel Cross, pero todo lo que consiguieron fue la espalda de un tipo que llevaba una mochila en el hombro izquierdo. Estaba borroso, ni siquiera se podía ver el color de su chaqueta.

—Oh, genial.

—Nos vemos, Travis.

—Sí, adiós.

Travis sale por la puerta, pero decide que encontrar a Perry y Katya es más importante que Billy. Todavía irá al club de Billy, pero ahora camina rápido por la calle Victoria, hacia Kings Cross, hacia el sucio kilómetro en busca de respuestas.

CAPÍTULO OCHO

Travis entra en el Goldfish Bowl. Es el bar principal del Hotel Crest, que se encuentra en el triángulo en el que la calle Victoria y la calle Darlinghurst chocan y luego toman caminos distintos. Reconoce un par de caras. Va y se coloca en la barra con ellos. El tipo grande maorí le tiende la mano.

—Travis, ¿qué hay de nuevo, hermano? ¿Has estado matando chicas en tu motel?

Travis le da la mano y le dice:

—Mal gusto, incluso para ti, grandulón. La chica está muerta.

—Lo siento, hermano, ¿quieres una cerveza?

—Sí, una jarra de New y un chupito de Vodka. ¿Crees que puedes pagar eso, Tyrone?

No consigue un bocado. El otro tipo es Ted Janson. Un ex jugador de la liga de rugby. También le da la mano a Travis, y dice:

—Vi a la chica en la televisión. Ann algo. Parecía joven.

—Lo era. Oye, Ted, ¿todavía se puede comprar marihuana

en, um, ponerla como en un palo de Buda, ya sabes lo que quiero decir?

—Oh, amigo. No he oído hablar de eso en mucho tiempo. Te refieres a envolverla en un palo con una cuerda y...

—Sí. No conoces ningún...

—No, hermano. ¿Tienes uno o quieres uno?

—Un amigo mío dice que consiguió uno aquí, en el bar Piccolo.

Travis bebe su cerveza rápidamente, se toma el trago de vodka, vuelve a apretar sus manos, se despide, sale por la puerta a la calle propiamente dicha, camina en dirección al Motel Cross, pero por el lado opuesto. Se agacha en la sala de juegos vacía, ahora galería de tiro, donde rompió la silla a través de la ventana de la oficina. El chico indígena no está sentado en el taburete naranja de la oficina ni en ningún otro sitio. Un grupo de seis o siete jóvenes se sienta contra la pared más lejana. Travis se acerca a ellos. Desenvuelve el palo del pañuelo y se los enseña.

—Saben dónde puedo conseguir una de estas cosas.

Unas cuantas sacudidas de cabeza. Un chico con vaqueros rotos y una chaqueta gris con piel en el cuello dice:

—¿Por qué nos preguntas?

—Por nada. Quiero conseguir uno o dos.

Silencio durante unos instantes. Los jóvenes quieren que se vaya, pero él pregunta al mismo chico:

—¿Conoces al chico indígena que estuvo aquí anoche?

—Sí.

—¿Cómo se llama?

—Paul.

—¿Paul qué?

—No puedo decirlo.

—¿Dónde puedo encontrarlo? Me viste hablando con él. No quiero hacerle daño, nada de eso.

—Basta de preguntas. Vete a la mierda, amigo —dice el chico de la chaqueta.

Travis saca un billete de cincuenta del bolsillo.

—¿Esto ayuda a tu memoria? Y si me engañas, volveré aquí y te lo quitaré.

—Vive en un edificio en la calle Bourke, una terraza de tres pisos. Gira a la izquierda en la calle Williams, lo encontrarás.

El chico extiende la mano. Travis le da el billete y le dice:

—Recuerda, volveré, ¿entendiste?

—Si esperas lo suficiente allí lo encontrarás.

Travis sabía que Billy a veces conseguía marihuana en el Cross. La última vez que lo vio, se lo había dicho a Travis porque creía que lo hacía ver genial. Le dijo que iba a los clubes de striptease a veces, que conseguía marihuana fuera del bar Piccolo. Eso fue hace un año. Billy presumiendo. Eso es lo que hace o hizo. ¿Cómo es que el padre de Ahn odiaba a Travis y le gustaba Billy? Travis no podía resolverlo. Un dilema que nunca se resolverá.

Travis se da la vuelta y se va, sube las escaleras y sale de nuevo a la calle Darlinghurst. Hay mucho ruido. Camina mirando a su alrededor. Carteles de neón que anuncian sexo, tiendas de recuerdos de mal gusto con banderas australianas colgadas en la fachada. Cafés tailandeses baratos. Busca a Katya, a Perry o al chico indígena. Pasa por la entrada de la estación de tren. Algunos chicos de la calle, chicos y chicas de los suburbios. Un tipo asiático grande, un revendedor, le agarra del brazo mientras grita «chicas, chicas, chicas», lo reconoce y le dice:

—Lo siento, hermano, todos me parecen iguales.

Travis asiente, sonríe, sigue caminando, caminando hacia el lugar de Katya. Ella no está allí. Hay una cafetería. Entra, se sienta en un taburete que da a la calle. El café está abierto por delante. Podría estirar la mano, tocar a la multitud que pasa.

Pide un Jack con Coca-Cola, que ya se está calentando, y se lo bebe de un trago, aplastando el hielo. Se supone que también debe pedir comida, pero le conocen. Cruza la calle y llama con fuerza a la puerta del Motel Cross. Gavin lo ve, sonríe, probablemente piensa que Travis quiere más anfetamina.

Se sientan en la oficina de atrás, con una ventana lateral abierta, fumando. Travis saca la marihuana y se la enseña a Gavin.

—¿Sabes dónde puedo conseguir algo así?

—No de mí, tal vez, eh, no, nunca he visto nada como esto.

—¿Bing trabaja en el quiosco?

—Sí, crees que podría saber.

—Tal vez, él podría ser el único tipo que conozco adicto a la marihuana. No trafica, pero, um, mándale un mensaje, dile que venga.

El quiosco está al lado. Gavin usa su teléfono para enviar un mensaje a Bing; éste le responde casi instantáneamente. *«Estaré allí en un segundo».*

Gavin y Travis se sientan, y Gavin le pregunta:

—¿Los policías te están haciendo pasar un mal rato?

—Sí y no. ¿Qué te ha dicho Mick?

—Muchos turnos extra, es lo que me pidió. Empecé a las 5 de la tarde hasta las 7 de la mañana. Buen dinero, supongo.

—Vamos, ¿sobre mí?

—Les diste la habitación gratis o algo así. No les hiciste firmar un formulario de registro.

—¿Alguna vez tú hiciste eso?

—Puede que te sorprenda, pero me gusta este trabajo. Consigo mis extras con el tráfico. No necesito estafar al jefe.

Bing llama a la puerta principal, Gavin se levanta, abre el cerrojo y la abre de par en par. Bing le agarra el antebrazo y lo aprieta, dice:

—¿Estás bien?

—Sí, el hombre de atrás quiere preguntarte algo.

Bing, asiático, delgado, con la cabeza rapada y cola de rata, sale por la parte de atrás. Travis le muestra la marihuana. Bing sonríe, la toca y dice:

—Amigo, está pegajosa. Sería bueno fumarla, como, ahora. El olor es tan penetrante. Vamos, a quién le importa de dónde viene, vamos a fumar.

Travis vuelve a meter el palo en el papel de seda y dice:

—En otra ocasión, Bing. ¿Viste algo anoche? ¿Viste al tipo salir corriendo de aquí?

—Lo siento, nada. Estoy ocupado. No puedo quedarme sentado como ustedes. Tengo que cerrar la puerta, poner un cartel para colarme aquí a tomar un café o algo. Incluso el lunes, el martes a las 5 de la mañana, alguien quiere un periódico, una tarjeta SIM, una puta recarga de su tarjeta Opal.

—Tengo que irme, Bing. Me alegro de verte.

—Ten cuidado, Travis, ese loco sigue ahí fuera. La policía no tiene ni idea. He oído que no hay cámaras de seguridad. Desapareció como humo.

Travis los deja, sale a la calle de nuevo, gira a la izquierda por Roslyn. Esta será su última parada antes de dirigirse al club de Billy. Ve unos cuantos traficantes de pacotilla. Ofertas de marihuana de 20 dólares. La mitad de hojas de perejil y albahaca a la droga. Cruza al otro lado pasando por unos cuantos cafés, todavía buscando a Katya, Perry, el chico, alguien, cualquier cosa.

Hay un pequeño carril que sale de la calle Roslyn, detrás de donde está el club nocturno Barron. Suele haber tres tipos que fingen vender marihuana, coca, anfetamina, lo que quieras, y están aquí estos tipos. Les dicen a los novatos que los sigan por el carril para que no los vean las cámaras de seguridad, y luego los arrastran, los golpean un poco hasta que están demasiado asustados para denunciarlo. Travis los conoce de vista, conoce a un tipo por su nombre, pero no está allí. Le hace una señal a uno de los chicos, viene por el carril, dice:

—Retrocede por aquí, hermano, lejos de...

—No quiero marcar. Soy amigo de Katya, de Bodie.

—Ve a ver a Katya, ve a ver a Bodie.

—¿Sabes dónde están?

—Vete a la mierda, amigo, no tengo tiempo para esta mierda.

Travis no había pensado en Bodie hasta ese momento. Trabaja en una tienda erótica en Oxford, en Darlinghurst. Katya, entre otras cosas, le había dicho que tenía el mejor pito que había visto nunca, pero le gustaba hablar así de caliente, descolocarte. Bodie era un comodín. Si Olsen parece peligroso, Bodie lo es. Travis lo había observado una noche en que todos fueron a beber al Aussie Rules Club. En el bar, un tipo, un parásito, amigo de Katya, se burlaba de él por trabajar en la tienda erótica. Travis pudo ver que Bodie se enfadaba, pero no lo demostraba, bajando la intensidad, pero en un momento dado se puso furioso, agarró al tipo por el cuello con una gran garra, le forzó la cabeza contra la barandilla que pasaba por debajo de la barra y lo estrelló contra ésta. Un gorila, un isleño grande, fue a agarrar a Bodie, y Bodie, con una mano, mantuvo a raya al isleño mientras seguía estrangulando al parásito hasta que se sintió satisfecho de haber conseguido su objetivo. El isleño no hizo nada, estaba en especie de shock por el hecho de que alguien pudiera golpearle de esa manera. Pero Bodie es un trabajo para otra noche. Con suerte, podrá encontrar a Katya antes de eso.

Travis cruza de nuevo la calle Roslyn. Hay un par de tipos en la esquina, fuera de la cafetería, Travis los conoce de vista. Agarra a uno por el codo y le dice:

—Me conoces, ¿verdad?

—Sí, eres del motel del asesinato. ¿Ya han encontrado al tipo?

—No lo sé. ¿Has visto a Katya o a Perry?

—No.

Saca el pañuelo de su chaqueta y le muestra la marihuana.

—¿Qué?

—¿Vendes estas cosas? Como esto, quiero decir. —Se la muestra de nuevo.

—¿Qué mierda es eso?

—De acuerdo, no, me lo imagino.

Travis se da la vuelta, vuelve rápidamente por donde ha venido, deprisa, pero sin dejar de buscar una cara, tal vez el asesino, tal vez alguien que conozca a Katya, alguien, cualquier cosa. Gira a la izquierda en la calle Darlinghurst, pasa por delante de los manifestantes que gritan la misma mierda de siempre. Las pizzerías y los bares y restaurantes de mala muerte, las chicas que venden su vida, los ancianos que se dedican a quién sabe qué. Tal vez estén solos. Sin familia, sin amigos, buscando una conexión con la vida, algo por lo que vivir o son viejos pervertidos. Siente que es la misma gente, diferente noche que deambula por la calle. Sigue caminando un poco más, una chica con vaqueros ajustados y una camisola negra sucia le pide fuego. Él saca su Bic rojo y le enciende el cigarrillo, ella le susurra:

—Te haré una mamada por veinte dólares.

Travis la mira, es atractiva, pero está maltratada. Aun así, se revuelve unos instantes, la idea se le pasa por la cabeza, pero la rodea rápidamente sin mirar atrás. Se pregunta ¿cuántos tipos dicen que sí? ¿Cuántas veces por noche?

Llega a la parada de taxis, sube a uno y le dice al conductor:

—Club nocturno de los Ángeles.

CAPÍTULO NUEVE

El taxi se detiene al principio de un corto carril de la calle Pitt, en el corazón del Distrito Financiero. Travis pasa por delante de los que se han marchado temprano y se une a la cola en una sección acordonada fuera del club. Cuerda roja colgada a lo largo de postes plateados, como en un millón de clubes nocturnos de todo el mundo. Una pegajosa alfombra roja de mal gusto, extendida sobre el concreto que conduce a la puerta principal de madera maciza. Ángeles escrito en una fuente curvada en luces de neón sobre la puerta de madera.

Travis piensa, se dirige a la primera fila y le dice a la chica que revisa las identificaciones:

—Soy amigo de Billy, necesito ver a Declan.

—Yo también soy amiga de Billy, haz cola.

Ahora sabe por qué las llaman perras de la puerta.

Vuelve al final de la cola; la verdad es que no es tan larga. Una pareja delante de él se aferra como si su vida dependiera de ello, se besan y la chica hace algún que otro roce en la ingle para hacer sonreír a su novio. La gente se une detrás de él. Escucha las conversaciones, entre aburrido e intrigado.

Atraviesa la puerta de madera y se encuentra con otra cola de espera para llegar a la caja. Paga sus 15 dólares mientras escucha *Flock of Seagulls*. Entra en la sala principal del club, una enorme pista de baile iluminada con luces de neón y repleta de gente que baila al ritmo de *Everybody Wants to Rule the World*. Sonríe, todo el mundo conoce esta música, tenga la edad que tenga. Por eso el club hace dinero, al menos según Ahn. A Travis le gusta la música que escucha su padre. Springsteen. Velvet Underground. Hoodoo Gurus. Van Morrison. Tom Waits. Así.

Recorre la pista de baile y sube un par de niveles por encima de ella intentando encontrar a alguien que parezca dirigir el local. Se da por vencido rápidamente, va a la barra y le pregunta a un camarero que lleva una camiseta blanca de *choose life*:

—¿Dónde puedo encontrar a Declan?

—Al final de la barra —dice señalando a un tipo alto con pelo rubio a lo Billy Idol.

Travis se abre paso entre la multitud viendo a Declan hablar animadamente con una camarera también con una camiseta de *choose life*. Declan está vestido de negro. Travis llega a ellos, agita su mano frente a la cara de Declan que la agarra, comienza a doblarla hacia atrás hasta que Travis llega por encima de la barra con su mano izquierda y golpea la mano de Declan. Ahora, tiene su atención, dice en voz alta y rápidamente antes de que Declan pueda reaccionar:

—Soy amigo de Ahn y Billy. Me contrató para encontrarlo. Travis Whyte.

—Oh, sí —le grita—, me dijo que venías.

—¿Algún lugar al que podamos ir?

—Afuera. Sígueme.

Sigue a Declan por donde ha venido, luego pasa por el cajero y sale por la puerta principal.

Cuando están fuera, fuera de la cola, Declan se vuelve hacia él y le dice:

—No vuelvas a tocarme así, y menos delante de mi personal, ¿me oyes?

Travis retrocede, reduce su ira y dice:

—De acuerdo, de acuerdo. Ahora, ¿dónde está Billy?

—Ni idea.

—¿Quién es Shaun? ¿Quién es Farez?

Travis lo ve parpadear rápidamente, mirar hacia abajo. Va a mentir, pero se encoge de hombros y no dice nada.

—¿Por qué tendría Billy un teléfono con sólo tres nombres de contacto?

—Supongo que yo y otras dos personas, ¿no?

—¿Ahn te mencionó que debías cooperar conmigo?

—¿O qué?

Travis clava su mano derecha en la garganta de Declan, lo empuja hacia atrás a paso firme, fuera de la línea de visión de la perra de la puerta, se apoya en una sucia pared de ladrillos, y le dice:

—Empieza a responder a mis preguntas o te arrancaré la garganta.

Travis, más bajo, mucho más fuerte, lo mira, esperando, Declan asiente. Travis le quita la mano de la garganta y dice:

—¿Quién es Shaun? ¿Quién es Farez?

—Shaun solía trabajar aquí. No conozco a Farez. Nunca he oído hablar de él.

—¿Qué hacía Shaun?

—Barman.

—¿Cuánto tiempo?

—Un año, tal vez más.

—¿Por qué se fue?

—Lo despidieron.

—¿Por qué?

—Intentó ligar conmigo y con Billy, con otros chicos y...

—Lo normal en un club, ¿no? O espera, no te gustan los gays, o no te gusta que te coqueteen. Te asusta, te hace sentir incómodo, ¿verdad?

—No era sólo yo. Billy lo echó.

—¿Farez?

—Nunca he oído hablar de él.

—Si descubro que lo conoces, volveré. Ahora, ¿dónde puedo encontrar a Shaun?

—Dame tu número de teléfono. Te enviaré un mensaje de texto con el suyo, ¿de acuerdo?

—Muy bien, ¿a qué hora te levantas mañana?

—No es asunto tuyo.

—Ahora tengo tu número también si te necesito, de todos modos.

—Tengo que trabajar.

—Ve a trabajar —dice Travis y se aleja por la calle Pitt. Encuentra un taxi enseguida y dice—: Esquina de Bourke y la calle William, Darlinghurst. —El taxi se aleja de la acera lentamente y luego el conductor acelera con fuerza y Travis piensa, mi tipo de conductor.

CAPÍTULO DIEZ

SE BAJA EN EL HOTEL BOULEVARD. SIEMPRE LE RECUERDA al póster de James Dean, *Boulevard of Broken Dreams*. Atraviesa la siempre concurrida calle William, haciendo zigzag entre los coches, disfrutándolo estúpidamente. Gira en la calle Bourke; ahí está, a unas diez casas de distancia. Un pequeño y caótico patio delantero lleno de maleza, una vieja bicicleta oxidada, el porche delantero de madera podrida. Las ventanas sobre el porche están entablonadas. Intenta abrir la puerta de madera, pero no se mueve. Se dirige a la primera ventana esperando que su pie no atraviese el porche. La tabla de la ventana se abre como si tuviera bisagras. Mete la cabeza por ella. Oscuridad, un olor amargo, como a mal olor de orina o algo así. Hay tres colchones en el suelo. Uno ocupado por alguien en un saco de dormir, roncando. No es el chico indígena, demasiado grande.

Trepa por la ventana, camina alrededor de los colchones, a través de una puerta abierta hacia el pasillo. Unas escaleras le preceden. Camina por el pasillo hasta la cocina. Abre la puerta de la despensa. Está bien surtida de fideos de dos minutos, latas de sopa, crema de maíz y platos de pasta en paquetes al vacío. Alguien es organizado. Hay una cocina de gas, una cafetera Nespresso. A los intrusos les va bien estos días. La nevera funciona, pero sólo hay una botella de plástico de dos litros de leche.

Sube las escaleras hasta el primer rellano y mira la hora en su teléfono. La 1:30 de la madrugada. Hay una sala de estar con un televisor. No es enorme, pero tampoco pequeña. Un tipo con escasa barba dormido en el sofá. Dos camastros negros y rotos. La alfombra marrón incrustada con años de Dios sabe qué tipo de mierda. Nunca ha visto una aspiradora. Sale del salón, una puerta cerrada enfrente. Decide seguir avanzando, volver a ella más tarde. Empieza a subir al tercer piso, a mitad de camino una voz dice:

—Tómate tu tiempo, futbolista.

—¿Paul?

—Ya tienes mi nombre, hermano, eres de la familia —dice riendo para sí mismo—, tienes que mantenerme, hermano —dice aun sonriendo.

—¿Tienes tiempo para hablar?

—¿Parezco ocupado?

—No.

—Sube, estoy en la habitación más alta.

Sigue al chico por las escaleras, doblando una esquina y subiendo una escalera hasta una pequeña habitación en el desván. No hay cama, sólo ropa de cama en el suelo, un perchero, una cómoda. Travis se gira y mira por la ventana. Una vista de un millón de dólares del horizonte de la ciudad, un vistazo al puerto.

—Has elegido una buena habitación.

—No elegí nada, tuve que luchar por ella, hermano.

—¿Necesito saber dónde está Perry?

—Deberías haber venido a mí primero, futbolista.

—Me llamo Travis. ¿Por qué?

—Se han ido a Melbourne. Demasiado calor para ellos aquí.

—¿Quiénes son ellos?

—Perry y tu chica, Katya. Perry me pidió que viniera también. Tomó un coche de algún sitio y vino por aquí esta mañana, como a las 11. Arrastrándome fuera de mi cama, pidiéndome.

—¿Katya?

—Miré por la ventana, ella estaba de pie junto al coche, fumando.

—¿Qué tipo de coche?

—Un Celica azul, de unos diez años, creo.

—Que se joda esa perra. Que se joda Perry. Yo... ¡mierda!

—¿Estás bien?

—¿Perry te dijo de dónde sacó el coche?

—Sí. Un concesionario de coches en Surrey Hills. Cerca del Hotel Cricketer's Arms. En la misma calle, al menos.

—¿Estás seguro de esto?

—Seguro, ahora no más preguntas. Te he estado esperando. Mi amigo Teddy dijo que vendrías, probablemente. Necesito dormir.

—Voy a jugar el domingo, a las 2 de la tarde en Randwick, el campo está...

—Sé dónde está. Podría ir también, Travis.

—Espero que lo hagas, Paul. Tienen un equipo de menores de 19 años.

—Bien, nos vemos, hermano. Estoy cansado.

Travis baja por la escalera y los escalones, y vuelve a salir por la ventana. Finalmente, piensa para sí mismo, es mi hora.

Atraviesa la calle William, hasta el Cross mientras empieza a llover ligeramente.

CAPÍTULO ONCE

Baja las escaleras hacia el Café Kardomah. Los Commotions están tocando un conjunto de pop de guitarras jangly, y le gusta. La cantante principal se parece a Nico y lleva una minifalda de tiras, cantando como un ángel. Travis se acerca a la barra y casi inmediatamente ve a una chica rubia. Pelo corto y rubio como el de Katya, pero no es Katya. Es libanesa, griega o de Chipre o de algún lugar exótico, decide, y luego se ríe para sí mismo porque no tiene ni idea. Toma un vodka doble del bar y una cerveza. Se toma las bebidas mientras sigue a la chica, que se vuelve por un segundo, una cara querubínica, con una nariz redonda y grande, rasgos suaves, cejas gruesas, los más pequeños mechones de pelo en el cuello. Él la sigue, ella le da un codazo a su amiga de pelo oscuro y empiezan a bailar lentamente. Travis está hipnotizado.

La banda se detiene y la sexy cantante de la falda miniatura plateada susurra:

—Volvemos pronto, no se vayan.

La chica exótica se gira, lo mira fijamente a los ojos y él le dice hola.

—¿Qué?

—Soy Travis.

—Oh.

—Sí, yo...

—Te vi mirándome, siguiéndome hasta aquí.

—Eres hermosa.

—Oh Dios, un encanto.

Travis se ríe y dice:

—La misma pregunta que te hacen todos los días de tu vida. ¿De dónde eres?

—Por lo menos, la has cambiado, la has hecho un poco diferente.

—¿Y?

—Marruecos.

—Genial.

—¿Has estado allí?

—No, pero está en la lista.

—¿Dónde has estado?

—En su mayoría, Asia. Japón. Tailandia. Vietnam. Laos. Cambodia. Taipei. Así.

—¿Te gusta la banda?

—Me encanta la banda. Vamos a tomar otra copa antes de que empiecen de nuevo.

—De acuerdo. —Tira de la manga de su amiga, señala a Travis y dice—: Travis me va a invitar a una copa.

La chica se ríe y la rubia se vuelve hacia Travis y dice:

—Vamos.

—¿Cómo te llamas?

—Babus.

—Me gusta, es genial.

Caminan por la parte trasera a través de un atasco de gente, Travis se abre paso hasta que llegan a la barra del fondo del local. Pide un vodka doble con hielo y una cerveza para él, se vuelve hacia Babus y le dice:

—¿Qué vas a beber?

—CC y Coca-Cola.

Llegan las bebidas, y se ponen de pie en la parte de atrás sin poder ver a la banda ahora que empiezan su nuevo set. Babus señala una mesa vacía, se suben y se colocan sobre la mesa. Babus con la espalda contra la pared. Travis de pie junto a ella. Se gritan cosas y se ríen. La atracción es instantánea y se aprietan el uno contra el otro. Travis se vuelve hacia ella, ella se inclina enseguida, lo besa en la boca, él le devuelve el beso, introduciendo su lengua lentamente en su boca, ella responde de la misma manera, le pasa la mano por la cadera lentamente, luego más rápido, eso le excita, le hace sentirse atractivo, deseado. La banda sigue tocando. Ella coloca a Travis frente a ella, le rodea el estómago con las manos desde atrás, le besa la oreja y el cuello, él se inclina hacia ella, ella mete la mano en el bolsillo izquierdo de sus vaqueros, y la deja allí mientras él se pone cada vez más duro. Ambos se dan cuenta de que la gente les mira, pero no les importa.

Permanecen así durante toda la actuación, Travis se siente cada vez más caliente. Cuando la banda se detiene, él se aparta de ella, pero se vuelve, la mira y ella le pone la mano en la cadera de nuevo y lo sujeta con fuerza, y él le dice:

—Vámonos de aquí.

—Claro, vivo cerca.

—¿Eres una chica de Kings Cross?

—No, Potts Point. Es lo mismo, supongo. Está a unos siete o diez minutos a pie.

—¿Y tu amiga?

—Es una chica grande.

Bajan de la mesa, Travis la toma de la mano y la conduce a

través de la multitud de personas que suben las escaleras hasta la calle. Cuando llegan a la calle, un destello de memoria golpea a Travis. La chica, Ann, está sosteniendo su mano mientras se desangra por las sábanas. ¿Dónde estaba el asesino? Se calma rápidamente. Babus no se da cuenta de nada. Se apoyan en una barandilla de acero fuera del Kardomah, se besan de nuevo, pero se separan rápidamente. Ella lo toma de la mano y lo lleva por la avenida Ward hasta la calle Roslyn, hasta la calle Darlinghurst, donde Travis empezó su noche, y hasta la calle MacLeay. La multitud disminuye a medida que avanzan. El edificio de ella es un bloque de departamentos de diez plantas que a Travis le parece bastante lujoso. Entran, toman el ascensor, se besan y aprietan sus cuerpos, y salen en el décimo piso riendo. Ella lo guía por el pasillo hasta su puerta. Ella pulsa el código y la puerta se abre. Él vislumbra una brillante vista de la ciudad y ella lo arrastra por el departamento hasta el dormitorio.

Él la besa de nuevo a los pies de la cama, ella se echa atrás agarrándolo por el cinturón, se sienta en el borde de la cama frente a él. Lo tira del cinturón, se lo arranca, le abre los vaqueros y le mete la mano en los calzoncillos, sintiéndolo duros. Travis se ríe y ella dice:

—¿Qué?

—Nada.

Le baja los pantalones, ella se inclina hacia delante y se lo mete en la boca y empieza el espectáculo.

Travis se despierta a las 11 de la mañana. Babus ya no está en la cama. Se siente bien. Con resaca, pero sin dolor de cabeza, con el cerebro ligeramente nublado y con pensamientos felices y sexys en la cabeza. Sin embargo, se le revuelven las tripas en busca de comida. Se pregunta dónde está ella. Busca sus pantalones y su ropa interior y se los pone sin camisa. El departamento es cálido. Entra en el salón; ella está viendo

Rage, presentada por un tipo con una camisa de franela roja y negra.

—¿Quién es el presentador?

—He olvidado su nombre.

El tipo presenta Purple Sneakers de You Am I.

—Buena elección, ¿te gustan estos tipos? —dice Travis.

—Más o menos, pero no esta canción.

—Anoche dijiste que no estabas trabajando o que estabas entre trabajos, ¿verdad?

—Sí.

—¿Cómo puedes pagar este lugar?

—Mi hermano mayor me lo compró.

—Buen hermano. ¿A qué se dedica?

—Es dueño de un par de clubes. Uno en Kings Cross y otro en la ciudad, además de hacer negocios inmobiliarios y exportar frutas y verduras a Japón.

El tipo de Rage que lleva la franela presenta a Kylie Minogue haciendo esa canción en la que lleva el vestido blanco de Grace Jones, muy sexy. Travis admira sus amplias opciones musicales. Babus dice:

—Ahora, me gusta esto. —Y se levanta del suelo, rodea la cintura de él con los brazos y Travis sonríe.

—Estuviste bastante increíble anoche.

—Tú también. Sabes que las primeras noches pueden ser, um, una decepción a veces con la bebida y todo, pero...

—¿Pero?

—Pero no contigo, no esta vez.

—¿Cómo se llama tu hermano?

—Farez.

—¿Qué has dicho?

—Farez. Farez Abadi. ¿Has oído hablar de él?

—No. Es un nombre inusual. Yo... nada. Está bien.

—Me estás mirando raro.

—¿Cómo se llama el Club de la ciudad? Puede que lo conozca.

—Ángeles.

—Oh, sí, he oído hablar de ese. Se supone que es bueno.

—Más vale que lo sea. Ahora ven conmigo —dice ella, lo toma de la mano y lo lleva de vuelta a la cama.

Un par de horas más tarde, está en el McDonald's de la calle Darlinghurst comiendo un cuarto de libra con patatas fritas, tomando una coca cola con popote, seguida de una hamburguesa con queso y una tarta de manzana caliente con otra coca cola grande. Ya no tenía resaca. Su estómago está lleno. Sólo ahora puede pensar con claridad. Farez. No es una coincidencia tan grande dado el mundo en el que viven. Babus dijo que Farez vivía en Coogee. Malditos Katya y Perry, huyendo de la ciudad. Él sabía lo que tenía que hacer. Por Ann y su madre. Él tiene que decirle a Angelo que los dos están en Melbourne. Toda la información anónima. Travis sólo pensó que podría haber sido Perry. Otra fuente había confirmado que lo era. Algo así. Tiene una hora hasta la reunión con Chui. Llamará a Angelo después de eso. Sale de McDonald's por la calle Darlinghurst hasta Crest Arcade, hasta el tabulador.

CAPÍTULO DOCE

EL EDIFICIO DE ANDY CHUI ESTÁ EN LA CALLE Grantham, junto a la calle Macleay. Solía ser un antiguo motel y tiene un recepcionista. No lleva solapas, sino un traje azul a medida con camisa blanca y corbata azul intenso. Es alto, de piel morena y bronceada, ágil y apuesto anticuado, como Gary Cooper. Le dice a Travis:

—¿En qué puedo ayudarle?

—Tengo una cita con el Señor Chui.

—Le llamaré, no tardaré.

El vestíbulo es pequeño, se sienta en un sofá de cuero negro. En las paredes hay fotografías de Kings Cross, Potts Point y Woolloomooloo. Le gusta especialmente una foto en blanco y negro de la calle Darlinghurst en hora pico, sobre las 2 o 3 de la madrugada. Es interesante ver las luces brillantes y el neón apagados, las caras de la gente claras y tensas, sin ropa colorida. Desolador.

El recepcionista le dice que tome el ascensor hasta el último piso, Travis mira la etiqueta con su nombre y dice:

—Gracias, Vincent.

El recpecionista asiente con la cabeza y Travis entra en el ascensor, pulsa el botón y el ascensor sube rápidamente hasta el último piso. Travis sale, y hay una puerta justo delante del ascensor. Se abre, y una pequeña mujer con aspecto de pájaro se encuentra allí. Con el pelo castaño claro recogido en un moño, es caucásica, de unos treinta años, piensa Travis. Con una pequeña nariz aguileña, ojos marrones y una bonita sonrisa.

—Soy Carrie, la asistente personal del Señor Chui, pase por favor —dice abriendo la puerta de par en par.

Travis atraviesa lentamente la puerta y baja unas pequeñas escaleras que conducen a un enorme salón hundido que desemboca en un enorme balcón con vistas a la ciudad y al puente que cruza el puerto. Sería espectacular por la noche, piensa Travis. Hay tres sofás similares a los del vestíbulo, pero más grandes, un par de sillones, un bar completo y montones y montones de estanterías, tan llenas de libros que algunos están metidos de cualquier manera. No es lo que él pensaba que sería. Es relajado. Los libros lo hacen algo personal porque no están apilados de forma ordenada, sino como si alguien los recogiera regularmente y leyera pequeños fragmentos de ellos antes de devolverlos a su sitio. Chui entra en la sala desde un largo pasillo que está casi oculto. Va vestido con unos chinos negros y una camiseta negra. Le dice a Carrie:

—Estaremos bien solos, señorita Kingston.

—Sí, señor —dice ella—, disfrute de su tiempo aquí, Travis.

Travis le da las gracias y ella desaparece por el pasillo. Travis se dirige a Andy Chui, que es un maldito hijo de puta. También tiene pistolas, pero no están amontonadas; sus bíceps son largos y delgados, como su cuerpo. Su cara está salpicada de pecas en la nariz, sus ojos son asiáticos, pequeños y negros. Andy Chui extiende su mano, diciendo mientras se dan la mano

—Travis, Angelo está impresionado por ti, bienvenido.

—Gracias.

—Toma asiento en la barra. Yo haré los honores. —Travis sonríe y ambos se dirigen a la barra. Chui se acerca por detrás y dice—: ¿Qué le apetece, Señor Whyte?

—Una limonada estaría bien.

Andy Chui se ríe. Travis nota que toda su cara cobra vida ahora, los ojos ya no están muertos sino juguetones.

—Tuve una gran noche anoche.

—Limonada para el investigador privado.

—Gracias, y mira, vamos al grano. ¿Qué estoy haciendo aquí?

—Angelo cree que podrías ser útil.

—Y.

—Te daré 1500 dólares a la semana, como una especie de anticipo por tus servicios.

—¿Haciendo qué?

—Dirijo algunos clubes de apuestas. Póker, Black Jack, Ruleta. Pequeños y sencillos. Empezarías en la puerta, más adelante puedes aprender a cerrar, controlar el dinero, trabajar con el jefe de juego. Es pequeño. Un par de porteros, dos barmans, dos camareras, dos de seguridad en la planta más el jefe de juego, un crupier para el blackjack y la ruleta. Ya conoces Kings Cross, las cosas que pueden pasar.

—¿Cuántos días?

—Empieza con dos noches a la semana. Jueves y viernes. El domingo puedes seguir jugando fútbol. Es importante mantenerse en forma, trabajar duro en las cosas que te gustan. A partir de la semana que viene. Además, tengo otros trabajos para los que puedo utilizarte. Pagaría un poco más para que hicieras estas cosas. Algunos cobros de deudas, un poco de intimidación quizás, algunas personas necesitan un empujón.

—Puedo hacer todo eso.

—Bien. Lo principal fuera de eso es mantener la boca cerrada, y no estoy hablando de tu amiga Ahn, ella sabe el asunto, pero sé discreto, su jefe puede jugar sucio.

—Pero crees que es muy útil que la conozca, ¿verdad? Su jefe y su padre.

—Podría ser útil, sí, como tú dices.

Chui le da su limonada. Travis la toma y se la bebe de un trago, y vuelve a mirar todos los libros en el gran salón.

—De acuerdo, hazme saber qué ropa llevar y...

—Angelo te llamará y te dará los datos de un sastre. Tendrás dos trajes negros, dos camisas blancas y un par de corbatas de seda negras. Es importante dar una buena impresión en la puerta, preparar la escena. Se te pagará en efectivo el sábado por la mañana después del cierre del club, que puede ser hasta las 7 de la mañana.

—Suena bien. Te lo agradezco.

—También necesitarás una pistola. Angelo organizará una licencia.

—De acuerdo, claro.

—Por la noche, en la puerta de los clubes que tengo, podrás evaluar a la gente de inmediato. Si crees que necesitan ver la pistola, abre tu chaqueta lo suficiente para que puedan verla. Deberían comportarse después de eso. Oh, otra cosa, ¿has visto las noticias de hoy, los periódicos?

—No, ¿por qué?

—El inspector Olsen está bajo sospecha de corrupción por aceptar sobornos cuando estaba en la brigada antidroga, usando informantes...

—¿Estaba en la brigada antidroga?

—Sí. Todavía no hay cargos, sólo rumores e insinuaciones.

—Tuve la impresión de que era un hombre muy directo.

—Eso es lo que quiere que pienses.

—Correcto.

—La puerta está abierta. Sal. Te llamaré cuando te necesite. Tengo tu teléfono, sé dónde vives, así que no hay problema.

Travis piensa que Chui podría haber estado diciendo, ten cuidado, cuando dijo que sabía dónde vive, o tal vez era Travis siendo paranoico. Sonaba bien. Todo su mundo estaba a punto de cambiar. Había cambiado con el asesinato de una chica inocente. Decide que aprenderá mucho trabajando para Andy Chui. El dinero es bueno. En efectivo también. En la calle, fuera del edificio de Chui, saca su teléfono. Tiene que contarle a Angelo lo de Perry y Katya, es lo único que puede hacer, por Ann y su madre, pero duda porque se trata de Katya, vuelve a guardar el teléfono en el bolsillo. Llama a un taxi en la calle MacLeay para volver a casa de Billy. Tiene que averiguar la carta de amor firmada por Jeffy. Debería haber preguntado a Declan en el club si conocía el nombre. Estúpido error. Tiene que encontrar y hablar con Shaun y Farez.

CAPÍTULO TRECE

Travis se despierta alrededor de las seis de la mañana. Ha dormido casi desde que llegó a casa de Billy. Revisa su teléfono. Tiene llamadas perdidas de Ahn, Angelo y Katya. Llama inmediatamente a Katya. Puede que todavía esté despierta desde el sábado por la noche en algún lugar.

—Travis.

—Me mentiste. Me usaste como me usaste en el motel cada dos noches que...

—Oye, oye, oye. Estoy hablando contigo ahora, Travis. Te estoy diciendo dónde estoy. Estoy en Melbourne en un Airbnb en Abbotsford.

—Justo en el corazón de la ciudad, en la calle Victoria, sin duda.

—Tienen una sala de inyecciones como la del Cross.

—Sólo que rodeado de mejores cafés y esos encantadores restaurantes vietnamitas.

—Eso es más propio de ti, cariño. ¿Cuál es el mejor? Te gustan esas chicas vietnamitas, ¿no?

—Tengo que hablarles de Perry.

—¿Qué pasa con Perry? Te llamé por la habitación libre. No puedes decir que fue Perry. No puedes. Yo tampoco. Nos crucificarán. Las prostitutas llevan al asesino a la chica. No tendríamos ninguna oportunidad.

—¿Conoces al joven indígena que le cae bien a Perry?

—No.

—El que Perry le pidió que fuera a Melbourne mientras esperabas en el coche que compraron para su viajecito. El que dice que Perry le habló de un tipo, un tipo que quería matar. Un asesinato emocionante.

—Eso es una locura, cariño. Una locura. Ese chico... él... él no sabe nada.

La llamada termina. Ella le colgó. Él la llama de nuevo, pero va directamente al buzón de voz. Él sabe más o menos dónde están ahora. Eso es algo.

Llama a Olsen. También va al buzón de voz. Los policías también tienen que dormir alguna vez. Se levanta, camina desnudo por el pasillo hasta el baño. Orina un largo chorro constante, vuelve al segundo dormitorio. Toma una toalla limpia y se mete en la ducha. Va a llamar a Angelo, a contarle la historia que el indígena le contó sobre Perry. Decirle que llame a Olsen. Que entregue a Perry. Decirle que estuvieron en Melbourne. Andando por la calle Victoria, Abbotsford. Katya podría estar mintiendo descaradamente. Podrían estar en Springvale o en los suburbios del oeste o escondidos en algún motel barato en los suburbios del norte. Mientras Katya obtuviera sus toques, no le importaba, pero necesitarían dinero. Podría trabajar para una agencia de acompañantes o un salón, ya lo había hecho antes hasta que Perry empezó a prostituirla en la calle Darlo. Todavía tenía buen aspecto. Las drogas no la destruían, aunque eso era sólo cuestión de tiempo. Perry podía oscilar en ambos sentidos, supuso. La escena de las trabajadoras sexuales de la calle les era desconocida en Melbourne, pero todos conocían la calle Grey, conocían las pequeñas calles laterales de la calle Carlisle.

Se seca, se pone unos vaqueros negros y una camisa azul claro de manga larga, y se pone su chaqueta de cuero negro favorita, ya desgastada. Se siente como el policía de *Los amigos de Eddie Coyle* cuando se la pone. Su tío estaría contento. Se ríe para sí mismo y sale al frío, húmedo y gris día nublado, en dirección a la calle Victoria.

Travis está en el Café Tropicana. Es de confianza y el café es excelente. Encuentra una mesa junto a la ventana. El ambiente es tranquilo. Bebe su café con leche y observa a la gente madrugadora y a los que sobran de la noche anterior que pasan a su lado. Algunos siguen riendo. Un hombre que parece perdido, vestido de negro, con el rostro cubierto de ceniza. Travis se pregunta qué le ha pasado al hombre perdido. Su chica lo dejó. Ha besado a otro hombre o a otra chica. Rompe uno de sus croissants por la mitad y se mete un poco en la boca.

Llama a Declan y, mientras nadie mira, moja un poco del segundo croissant en su café y se lo mete en la boca. Declan contesta y Travis dice:

—¿Quién es Jeffy?

—¿Qué? Oh, tú eres el policía de anoche.

—No soy un policía, lo sabes. ¿Quién es él?

—Jeff es como Shaun, solía trabajar aquí.

—También le caía bien Billy.

—¿Le caía bien? No que yo sepa.

—Estás a punto de ir a casa, Declan.

—Pronto. ¿Por qué?

—¿Alguna idea de dónde está Billy? Es la última oportunidad antes de que se lo diga a la policía.

—Oh, cielos, eres fastidioso, lo sabes.

—Lo sé.

—Los padres de Jeff murieron y le dejaron una casa de vacaciones en la Costa Central cerca de Avalon. Tal vez están todos allí cogiendo entre ellos.

—Tal vez lo estén. Me suena a Billy.

—Oye, ¿sabes qué? Billy juguetea, se coge a mucha gente, al personal y a otros, pero hasta que desapareció, convirtió este lugar en una mina de oro. Seis noches a la semana este lugar es genial, así que vete a la mierda, de acuerdo.

Declan, ahora con un par de pelotas, le cuelga a Travis.

Travis le devuelve la llamada.

—Necesito la dirección del lugar en la Costa Central. El número de teléfono si lo tienes.

—Te lo enviaré por mensaje de texto.

Travis llama al teléfono de Billy. Va directamente al buzón de voz de nuevo. La cosa es. Billy confía en Declan y también en Ahn. Entonces Billy podría pensar que si se va de fiesta por un tiempo todo seguirá funcionando bien, aunque sólo sea por un mes o algo así. ¿Ahn le dio una razón para actuar así? ¿Se ha cogido a otra persona? Travis se levanta de la mesa, compra un café fuerte para llevar en el mostrador y vuelve a la casa de Billy.

Dentro enciende un cigarrillo. Shaun y Jeff son la clave para encontrar a Billy. Como Katya y Perry fueron la clave para encontrar al asesino. ¿Farez? Travis cree que Billy empezó a traficar de nuevo y que Farez era su hombre. Llama a Babus, ella responde somnolienta:

—Hola, amante.

—Babus, hola. ¿Conoces a un tipo llamado Billy Madison?

—¿Quién? ¿Qué?

—Se llama Billy Madison. Conoce a tu hermano, Farez.

—¿Me estás diciendo que conoces a Farez?

—No lo conozco, pero su número de teléfono estaba en una lista de contactos en un teléfono que pertenece a Billy. Él y yo nos conocemos un poco y el caso es que ha desaparecido. Me han contratado para encontrarlo.

—No conozco el nombre.

—¿Crees que podrías juntarme con tu hermano, Farez?

—¿Sabías quién era yo el viernes por la noche? ¿Viniste por mí para llegar a mi hermano?

—No.

—De acuerdo, no lo sé, todavía. ¿Por qué no vienes aquí y lo hablamos?

Oyó el calor en su voz. No iban a hablar mucho y él jugaba mejor después del sexo.

—Estaré allí en media hora, pero tengo que jugar fútbol esta tarde.

—¿Puedo verlo?

—Claro, por qué no.

———

Babus sale desnuda de la ducha, entra en el dormitorio y cruza el vestidor. Elige unos vaqueros azules, una camiseta blanca y un jersey azul con hilos colgando de la muñeca y agujeros en los codos, y los tira en la cama junto a Travis. Él también está desnudo, fumando un cigarrillo, dice:

—Me alegra mucho que fumes.

—Planeas estar cerca de mí, ¿verdad? —dice ella, escogiendo un sujetador blanco y unas pantaletas rojas de su cajón al otro lado de la cama, donde Travis se sienta ahora erguido.

—Me gustaría.

—Sí, a mí también. Todavía no sé por qué, pero me gustas.

Travis apaga el cigarrillo en el cenicero del suelo, se levanta de un salto, se pone los calzoncillos y los vaqueros, rodea la cama mientras Babus se viste y dice:

—Me tengo que ir. Tengo que ir por mi equipo a casa y dirigirme al campo. Sigues pensando en venir.

—Sí.

—Te veré allí —dice él, agarrándola por la cintura, y ella se ríe y deja caer el sujetador, y él la empuja de nuevo a la cama.

—Sí.

———

Travis sabe que dejará de fumar cuando cumpla treinta años, más joven que su padre, pero ahora fuma fácilmente veinte al día. Treinta o cuarenta si sale de fiesta como con Babus. Conduce el Triumph y ronronea en el último semáforo antes de llegar al óvalo. Le gustaría ver a Paul en la línea divisoria. Otra persona de la que no puede avisar a la policía. Todavía no ha llamado a Angelo. Tiene que contarle lo de Perry. Cambia el semáforo, entra en el estacionamiento de grava del campo de fútbol, saca el teléfono y llama a Angelo, que contesta, y Travis le cuenta lo que el chico indígena dijo sobre Perry, que conocía a alguien que hablaba de matar a una chica, que Perry estaba en Melbourne.

Pero no le dijo toda la verdad. Dijo que era un joven de alquiler de la pared que había estado en la galería de tiro cuando fue a buscar a Katya. No mencionó el nombre de Katya. Pero mencionó a Perry por su nombre y que estaba en Melbourne, merodeando por la calle Victoria, quizá utilizando la sala de inyecciones gratuita. Le dice a Angelo que le diga a Olsen todo esto. Angelo le dice que lo hará, que le dirá a Olsen que el joven alquilado había ofrecido la información en la galería de tiro, pero no la noche del asesinato, dos días después, anoche. Eso es todo lo que sabía.

Eso liberó a Travis; hoy se jugaría el pellejo. Libre de la carga y manteniendo al chico y a Katya fuera de ella. Entra en los vestuarios lleno de fanfarronería, saluda a sus compañeros con apretones de manos y choca los cinco, diciéndoles que hoy aplastarán a Maroubra.

CAPÍTULO CATORCE

A tres cuartos de hora Travis tiene treinta posesiones y tres goles, pero el partido está reñido. Maroubra se esfuerza. Juegan un estilo brutal y sin concesiones, y algunos de los jugadores más jóvenes de Randwick lo están notando. Un codo en la parte posterior de la cabeza o su gran jugador cae «accidentalmente» sobre algunos de los jugadores más pequeños después de las competiciones de melé. Se golpea y se arrastra y el árbitro es un pelele. Travis levanta la vista de la reunión de tres cuartos de hora y ve a Paul en el extremo del campo, detrás de la barandilla de la parte posterior de los postes. Está de pie cerca de Babus. Ambos están allí para observar a Travis, pero sin conocer la conexión. El entrenador termina su discurso y Travis atrae al grupo a su alrededor, y agarra el jersey del jugador de Randwick y le grita.

—Protege a los tipos pequeños. Tú, mierda, métete con su jugador. Lo digo en serio. Sal y dale un puto golpe. El árbitro no hará una mierda. Haz una declaración. Ustedes dos, Mick y Anton —dice, señalando al gran defensa y al delantero principal—, manténganse firmes para sus putos compañeros de equipo. Ahora, ¡ganemos este partido!

Randwick gana por diez puntos. Su jugador golpeó al otro jugador, y funcionó. Randwick ganó y Travis terminó con cuatro goles y fue el mejor en el campo.

Al final del partido corre hacia la plaza de la portería, sintiendo alivio, un tipo de alegría que sólo obtiene al ganar partidos de fútbol. Babus le sonríe y le dice:

—Has estado muy bien. Un grado por encima de la mayoría de ellos, creo.

—No, todos ellos —dice riendo—. ¿Has visto antes a un joven indígena?

—Sí, subió al quiosco. Ahí está.

Paul vuelve hacia ellos comiendo un pastelillo y sonriendo.

—Puedes jugar un poco —le dice a Travis—. ¿Esta es tu novia?

—Amiga —dice Babus y extiende su mano—. Soy Babus.

Paul sonríe, no está acostumbrado a que la gente sea educada con él. Le da la mano y le dice:

—Qué bonito nombre. ¿De dónde es?

—De Marruecos.

—Marruecos, oye. Voy a buscarlo en mi teléfono.

Saca el teléfono del bolsillo trasero de sus pantalones grandes largos y Travis ve que es nuevo, que la ropa del chico es nueva, se pregunta qué ha tenido que hacer para conseguir el dinero. Hace una nota mental para pedirle al presidente que le consiga al chico un trabajo en un autolavado o en un supermercado, algo alejado de lo que hace ahora.

—Ustedes dos entren a los vestidores. He oído que ahora dejan entrar a las chicas —dice Travis.

—Mientras lleves una toalla —dice Babus, y Paul se ríe.

—Vamos, chicos —dice Travis.

Todos se dirigen al vestidor. Travis inhala y exhala

profundamente queriendo disfrutar de la victoria, disfrutar de estar con estas dos personas. Le pregunta al entrenador de la selección sub-19 sobre cómo llevar a Paul al entrenamiento.

Travis se ducha, vuelve a salir, recibe palmadas en la espalda y choca los cinco y, en general, es tratado como la realeza. Randwick sabe lo afortunados que son por tener un jugador como él. Se viste y encuentra al entrenador de la selección sub-19, lo toma del brazo y lo arrastra para que conozca a Paul y a Babus. Travis dice:

—Estos son mis amigos, Babus y Paul. Paul quiere venir a entrenar contigo. ¿Te parece bien?

—Sí, no te preocupes. Siempre detrás de jugadores. Paul, ¿has jugado antes?

—Sí, crecí en los alrededores de Albury Wodonga, jugué algunos juveniles allí cuando era más joven. Tengo diecisiete años, ahora, parezco más joven porque soy pequeño, pero soy rápido, buen pateador en la portería.

—Muy bien entonces. Entrenamos los martes y los jueves a las 17:30 bajo luces. ¿Está bien?

—Lo llevaré al campo de entrenamiento —dice Travis mirando a Paul—, llévalo a casa también. ¿Te parece bien, Paul?

—Sí, está bien.

El entrenador se aleja y Travis le dice a Paul:

—¿Quieres que te lleve a casa ahora? Voy a llevar a Babus a casa, no es problema.

—Sí, gracias, Travis —dice usando su nombre por primera vez—. Eres grande por aquí.

Caminan hasta el coche de Travis, que gira la llave en el contacto, pero su teléfono suena. Dice «Un segundo, chicos», y contesta al teléfono.

—¿Travis Whyte? —dice una voz.

—Sí, Olsen. ¿Y ahora qué?

—Es el Señor Olsen o señor para ti, Travis, ¿entendido?

—Sí, lo tengo.

—Tú y tu jodido abogado creen que tienen las cosas claras. Un anónimo nos llama, nos dice dónde está el cabrón de Perry y ya están fuera de juego y...

—He oído que ya no eres tan agradable y brillante.

—Maldito idiota. Te atraparé por obstruir la justicia, eso para empezar...

—Habla con mi abogado. Estará encantado de responder a tus preguntas.

Travis termina la llamada.

Mierda.

Vuelve a arrancar el coche. Su día se ha jodido.

Deja a Paul en el edificio. Lleva a Babus a su casa, estaciona en la parte delantera, ella le dice:

—Eres un gran jugador. Quiero decir, wow, me sorprendió. No sé mucho sobre la Liga de Fútbol Australiana, pero sé que eres increíble...

—Un día te contaré una historia sobre eso. Sobre lo que podría haber sido.

Ella lo mira de forma diferente durante unos segundos. Un pasado del que quiere hablar.

Se gira hacia ella y le dice:

—Nos conocimos la otra noche. Um. Parece que las cosas se han movido rápidamente.

—Eso es bueno o malo.

Él se inclina, le besa la mejilla y dice:

—Oh, es bueno. Definitivamente bueno.

—Porque vas a conocer a mi hermano.

—Eso y el sexo es bastante salvaje también.

—Sí, eso también.

Se besan apasionadamente durante unos minutos. Babus le pone la mano en la cara cuando se separan y dice:

—Qué hombre tan guapo.

—Qué mujer tan exótica.

—Gracias.

—Sí, totalmente diferente a todas las que he conocido o con las que he estado antes, pero tengo que irme ahora. Estoy trabajando en el caso del que te hablé. También tengo un nuevo trabajo. Tengo que ir a la costa central.

Ella inclina ligeramente la cabeza, ocultando un poco de decepción, y dice:

—Sí, ¿y qué pasa con Paul? Está... No lo sé. ¿Le estás ayudando?

—Esa es otra historia. Te lo contaré cuando vuelva de la costa, pero sí, tengo que moverme, nena. Me tengo que ir.

Sale del coche y se aleja sin volverse. Conduce por la calle Macleay hacia Kings Cross.

CAPÍTULO QUINCE

Travis sube las escaleras de la avenida Lamrock hasta su departamento. Baja por el lateral del edificio a lo largo de la valla, abre la puerta de la mosquitera, la puerta principal. Tira su equipo de fútbol en el suelo del salón y entra en la cocina. No irá a la costa central hasta mañana.

Llaman a la puerta. Travis duda. ¿Lo ha seguido alguien? Nadie se presenta aquí sin avisar. Llaman primero. Es algo en lo que le insiste a la gente. ¿Babus llamó a Farez, le habló de ellos? ¿Es el asesino el que viene a cargarse al único testigo? No tiene un ojo de pez. Abre un poco la puerta, ve a un hombre de aspecto duro y fornido, con el pelo corto hacia atrás y hacia los lados, vestido con un traje, camisa blanca de cuello abierto. ¿Policía? ¿Ha cerrado la puerta con llave?

Abre la puerta principal un poco más mientras el hombre abre más la puerta mosquitera.

—¿Puedo ayudarlo? —dice Travis.

El hombre abre la puerta mosquitera de par en par.

—Soy policía. Olsen me ha enviado para que lo lleve.

—¿Tiene identificación?

—Claro —dice, y abre el lado derecho de su chaqueta. Travis sigue el movimiento con la mirada y el tipo dice—: Soy otro tipo de policía. —Dobla las rodillas y lanza un desgarrador gancho de izquierda que golpea a Travis bajo la caja torácica.

—Oomph.

Travis se queda sin aliento, tal vez incluso con una costilla rota. Se agacha para protegerse, pero el tipo lo agarra por el pelo. Travis carga con la cabeza hacia abajo. El tipo le arranca algo de pelo, pero suelta su agarre. Travis lo lanza contra la puerta mosquitera, el tipo tropieza y cae hacia atrás. Travis levanta su pie derecho y lo golpea contra los dientes del tipo con sus Doc Martens. El tipo lo toma, se aleja rodando rápidamente, intenta levantarse, Travis vuelve a levantar el pie. Los pesados zapatos negros se levantan, pero el tipo se las arregla para rodar rápidamente lejos, pero esta vez sigue adelante, se levanta, se aleja corriendo por el pasillo lateral. Travis no lo sigue. Que se vaya al carajo. Pero está enojado. Su departamento es sagrado para él, y este tipo, este *otro tipo de policía*, ha traspasado las paredes, casi. ¿Quién mierda era?

Cambia la configuración de su teléfono para ocultar su número, llama a Olsen.

—Detective Olsen.

—Acabo de ver a tu pequeña bola de músculo.

—No sé de qué estás hablando, Travis.

—*Estás* empeñado, *¿verdad?*

—¿Tiene alguna información sobre la muerte de Ann Gables, Señor Whyte?

—No.

—Se acerca tu hora, Travis.

—Es bueno saberlo.

Travis termina la llamada. Olsen lo envió. Esa pequeña bola de músculo. Travis tuvo suerte, lo tenía en el suelo, el tipo hizo bien en correr. No tiene sentido que te pisen la cabeza.

Pero se reproducía en su mente. Le trajo recuerdos de la noche en que miró a los ojos al asesino porque él *todavía* seguía ahí fuera. Quiso preguntarle a Olsen qué había hecho con la información sobre Perry, pero eso ya era imposible. Se había ganado otro enemigo, pero también había encontrado un amigo, quizá un mentor, en Andy Chui.

Son las 6:30. Está oscuro afuera. Está agotado. Se prepara un plato de pasta con unos champiñones de aspecto dudoso, una salsa de pasta de albahaca comprada en una botella, que todavía está en la fecha de caducidad. Le gustaría tener pan crujiente, un poco de vino tinto. Un porro. Ah, sí tenía un porro, recordó. Tenía el palo de buddha pegajoso que encontró en casa de Billy. Estaba en su bolsa de viaje. Se rió a carcajadas, estaba tan feliz por ello. Tomó un trozo de la droga pegajosa, lo aplastó en la mano, la resina se le pegó a los dedos, añadió medio cigarrillo, lo enrolló con maestría. Le puso un poco de flama, respiró profundamente. Sintió la fuerza de la droga casi de inmediato, y el olor también lo drogó, era muy penetrante. Expulsó el humo sonriendo. Dormiría esta noche a pesar de todo lo que estaba pasando. La marihuana siempre le permite dormir bien. Espera que siga así.

CAPÍTULO DIECISÉIS

Travis se despierta a las seis en punto, mirando los números rojos brillantes de su radio reloj. Había soñado con Perry y Katya. Los había visto juntos en algún club riendo y bailando. Los miraba desde un balcón y se enfadaba cada vez más al pensar en Ann despedazada mientras esos dos bailaban y reían toda la noche. Entonces se despertó. No sabía qué era peor. Ver a la chica cortada en pedazos o a Katya y Perry bailando y riendo. Katya no podía saber lo que iba a pasar. Él la conoce. Habló con ella casi todas las noches durante un par de años. Tiene que encontrar la manera de superarlo.

Una hora más tarde, está conduciendo por el puente y encendiendo un cigarrillo con el encendedor del coche. El extremo rojo y caliente se llevó algo de tabaco cuando lo volvió a encajar en su hueco, lo que provocó un olor horrible durante uno o dos segundos. Abre la ventanilla lateral triangular con el pequeño pestillo para sacar la ceniza. El viejo coche ronronea maravillosamente, está deseando dejarlo salir ya que el límite de velocidad aumenta cuanto más avanza.

Su mente repasa los últimos cuatro días como una película

en avance rápido. ¿Cómo han pasado todas estas cosas y aún así ayer jugó al fútbol como si no hubiera pasado nada? Le sorprende la falta de pasión en el club por el asesinato. No hay indignación, más bien chismes. ¿Qué ha pasado? ¿Estabas allí? La sociedad está acostumbrada a estos asesinatos despiadados, pero él había estado allí en el centro.

Tiene un trabajo que hacer. Ahn o su padre le están pagando para encontrar a Billy. Se pregunta si Declan lo envió a una búsqueda inútil, pero Travis tiene la sensación de que algo no está bien con Shaun y Jeffy. Uno fue despedido, otro escribe una carta de amor a Billy. Babus le había dicho que Farez era dueño del club nocturno Ángeles, pero Ahn dijo que todos los depósitos bancarios eran correctos. Sacó su teléfono del interior de su chaqueta de cuero negro, pulsó el botón del nombre de Ahn. Ella contestó rápidamente, él puso el altavoz y se lo guardó en el bolsillo superior de la camisa mientras conducía, diciéndole:

—Escucha, Ahn, el otro día te mencioné a Farez.

—Sí.

—Hablé con su hermana. Me dijo que Farez es dueño de un club nocturno en la ciudad llamado Ángeles.

—Yo... mierda. No es verdad. Te lo dije. No conozco ese nombre.

—¿Podría ser cierto? ¿Podría Billy haber hecho algún trato con ese Farez que tú...?

—Travis, estamos hablando de Billy. Todo es posible, pero Billy tendría que ser... su nombre no está en ningún papel.

—Dices que los depósitos de Declan en la caja fuerte nocturna están en el blanco.

—Sí, Billy solía hacer los libros cada mañana, bueno, cada día, normalmente cuando llegaba a casa del trabajo. Él me entrenaba, ya sabes, esto es lo que ganamos un sábado por la noche comparado con un lunes por la noche, más tarde conseguía los registros de los puntos de venta del club y volvía y me los enseñaba. Al mostrarme todo esto, me decía que tenía sus cosas claras. Que ganaba un dinero extraordinario.

—Bien, bien.

—¿Dónde estás, parece que sopla el viento o algo así?

—Estoy conduciendo hacia la costa central. A Avalon. Tengo que decirte un par de cosas importantes.

—De acuerdo.

—En la casa de Billy, encontré una carta de amor para él de un hombre llamado Jeffy. También encontré un teléfono móvil con tres números. Declan, Shaun y Farez. Ya te hablé de Farez, ya sabes lo de Declan. Declan me dijo que despidió a Shaun, también me dijo que Shaun y Jeffy se conocen. Que Shaun tiene una casa en Avalon. ¿Estás conectando los puntos?

—Sí, ¿qué tipo de carta de amor?

—¿Cuántos tipos hay?

—Era, yo...

—Prepárate para cualquier cosa es lo que estoy diciendo. Voy a encontrarme con Farez cuando vuelva. Me estás pagando. Te estoy diciendo el resultado. Es mi trabajo.

—Gracias, Travis.

—¿Estás bien?

—¿Puedes venir a verme tan pronto como vuelvas?

—Sí, a primera hora, pero del miércoles al domingo sólo puedo llamarte. Estaré muy ocupado, pero iré directamente a verte cuando vuelva de Avalon.

—Adiós.

Travis ya ha pasado el puente y está en una carretera limpia. Acelera mientras busca en la pila de cintas que ha dejado en el asiento del copiloto. Encuentra a Richard Clapton, el favorito de su padre, lo introduce en la antigua pletina del Halcón Milenario y, con esa inconfundible voz grave, Clapton empieza a cantar Deep Water.

Una hora y cuarto más tarde, Travis se estaciona en la playa de Avalon, frente al Complejo Peppers, y se sienta en el pasto. Shaun, Jeffy y tal vez Billy están a sólo cinco minutos de distancia si Declan ha sido sincero con él. Enciende un cigarrillo y mira el océano azul, plano y profundo, con un cielo metálico en lo alto. Es un lugar tranquilo. Se pregunta si algún día podría vivir en un lugar pequeño como éste. Lejos del tráfico y del país de las maravillas que es Kings Cross y, en cierto modo, todo Sydney. Asesinos frenéticos, policías corruptos, prostitutas tramposas, depredadores como Perry que hacen cualquier cosa por dinero y buenos momentos, y pronto estará inmerso en ello, aún más, trabajando para Andy Chui.

Vuelve rápidamente al coche y se dirige a la dirección que tiene. Es una pequeña calle de circuito. Travis se estaciona delante de la casa de madera. Está pintada de color marrón chocolate, tiene una pequeña valla blanca. Busca detrás del asiento del copiloto y encuentra su pistola. La ha sacado de la caja fuerte que había instalado debajo de las tablas del suelo, bajo la cama. Sabe que Farez es probablemente un traficante de drogas, que tiene algún poder sobre Billy. *Desde cuándo nos ponemos al día.* El tono de su voz le había sonado desafiante a Travis, como, *¿para qué mierda me llamas? ¿tenemos un trato?*. Abre la puerta de acero, ligeramente oxidada. El viento se levanta, enormes gotas de lluvia comienzan a caer del cielo mientras él llega bajo el pequeño balcón. Puede oír música, algún tipo de música de baile, fuerte, no la reconoce. Todo lo que oye es un continuo golpe bajo de bajo y ritmo. Llama con fuerza a la puerta principal en lugar de utilizar el timbre y espera. Vuelve a llamar con fuerza, la puerta se abre de golpe por un hombre pequeño con el pelo rubio teñido que lleva un delantal de flores sin camisa y unas piernas flacas y sin pelo que asoman por debajo del delantal.

—Hay un timbre, sabes —dice.

Travis le lanza una mirada fría y dura y el hombre retrocede ligeramente. Travis entra sin invitación, el hombre pequeño dice:

—Oye, oye, no te he preguntado...

—¿Eres Shaun o Jeff?

—¿Qué?

—Ya me has oído, joder. ¿Eres Shaun o Jeff?

—Soy Shaun. Mira, no te he pedido que entres y...

—Pídeme que entre, entonces.

—¿Quién eres tú?

—¿Dónde está Billy?

—¿Qué?

—¿Quién es? —grita una voz desde algún lugar del interior.

—Soy Travis —le dice a Shaun—. La novia de Billy me contrató para encontrarlo. ¿Conoces a Billy, el que te despidió, el dueño del club nocturno Ángeles?

—No está aquí.

—Vamos al salón o a la cocina, ¿quieres? Donde está tu amigo Jeff, o es Jeffy.

—Muy bien, muy bien, entra. Conocí a Ahn una vez, es encantadora, pero...

—Oh, la conociste, ¿verdad?

—Sí, yo...

—Sigue caminando.

Travis sigue a Shaun al salón. Jeff es calvo y está desnudo en el sofá. Su pito yace flácido en su pubis negro. No se molesta en cubrirse cuando Travis entra.

—Jeff, este es Travis, está buscando a Billy —dice Shaun.

—¿Qué carajo? —dice Jeff y sonríe.

—Ya lo has oído, Jeff, estoy buscando a Billy.

Jeff parpadea un par de veces, sin molestarse en cubrirse del todo. La música suena molestando a Travis. La televisión está encendida con el sonido bajado. Están viendo una película porno, con hombres y mujeres en la pantalla, no una porno gay. Travis reconoce al Erizo y esconde una sonrisa. Las cortinas negras de las ventanas están cerradas. Un labrador rubio y obeso está sentado en medio de la habitación sin moverse, respirando con dificultad. Travis mira directamente a Jeff y le dice:

—He leído tu pequeña carta de amor a Billy.

—¿Tú qué?

—¡Ponte unos pantalones cortos o vaqueros, ahora!

Jeff se levanta rápidamente y sale corriendo de la habitación. Travis se dirige a Shaun y le dice:

—Apaga la música. Apaga la televisión.

—¿Cómo te atreves a hablarnos así en nuestra propia casa y...?

—Hazlo.

Shaun empieza a reírse de nuevo, lo que irrita a Travis y dice:

—No voy a tolerar esto. ¡Fuera! Sal de esta casa ahora. —Travis saca la pistola de la cintura de sus Levi's azules. Apunta a Shaun y le dice—: Apaga la televisión y la música.

Shaun apaga la música y la televisión.

Jeff vuelve a entrar con unos pantalones cortos amarillos.

—¿Cuándo fue la última vez que vieron a Billy? —les pregunta a los dos.

—Estuvo aquí unos días, pero se fue. Se fue hace dos días —dice Jeff.

Los dos se miran sonriendo.

Travis deja la pistola sobre la mesa de centro y se sienta en la silla de madera de respaldo duro que hay al lado.

—¿Adónde dijo que iba?

—A Sydney —dice Shaun.

—¿A su casa? ¿A casa de Ahn? ¿A ver a Farez? ¿Conocen a Farez?

—De vuelta a Sydney —dice Shaun—, eso es todo lo que sabemos.

—Pero, ¿conocen a Farez?

Se miran, Shaun no dice nada. Ambos empiezan a reírse.

Travis, cada vez más enfadado, dice:

—Pero tú conoces a Farez, ¿verdad? El traficante de drogas. Lo conoces o te lo has cogido o has hecho algo por él. ¿Estoy en lo cierto?

—Lo conozco —dice Shaun—, los dos lo conocemos. Salimos de fiesta con él y con Billy, pero no sólo nosotros tres, una gran fiesta que hizo en Coogee.

—¿Billy no está aquí?

—No, no está aquí —dicen los dos a la vez y se sonríen el uno al otro, y eso hace que Travis se sienta como un loco.

Algo retorcido está pasando aquí.

—¿Por qué no me enseñan los dos el lugar? —Travis vuelve a tomar la pistola.

Camina con ellos por la pequeña casa, por la cocina, por los dos dormitorios, que registra toscamente en busca de cualquier pista sobre la existencia de Billy. Nada. Abren la puerta trasera. Hay un piso de la abuela y un montacargas de Hills. Dos camisas azules de manga corta, dos pares de vaqueros negros, una fila de calzoncillos y camisetas colgadas.

—¿Qué hay en el piso de la abuela?

—La abuela —dice Shaun, y los dos hombres se ríen, y Travis se da cuenta de que están colocados, no drogados con ganja, quizá drogados con E. Sí, probablemente E para estar sonriendo y riéndose en esta situación. Shaun y Jeff siguen mirándose y sonriendo. Travis quiere pegarles a los dos en la boca, espabilarlos, pero lo deja. Intenta abrir la puerta del piso de la abuela, pero está cerrada.

—¿Puedes abrirla?

—¿Por qué?

—¿Por qué mierda crees que estoy aquí? Toma las llaves.

—No las tengo —dice Shaun—. Mi madre nunca usó el lugar, y no podemos encontrar las llaves en ninguna parte.

—Vuelve a entrar —dice Travis.

Una vez dentro, echa otro vistazo más largo a las habitaciones, pero no encuentra nada.

Vuelve al salón después de no encontrar nada.

—Este es mi número de teléfono —dice Travis, entregándole a Shaun una de sus tarjetas de presentación de Investigador Privado—. Si saben algo de Billy, llámenme.

—Sí, sí, lo haremos —dice Shaun.

Travis abre la puerta principal, recorre el corto camino y entra en su coche. Guarda la pistola bajo el asiento del copiloto. Arranca el coche, sale y recorre el pequeño circuito, se dirige a otra calle del fondo del circuito hasta la parte trasera de la casa de vacaciones donde aún están los dos.

Travis corre por el pasillo lateral de una casa en la parte trasera de la casa de Jeff y Shaun. No hay perro. No hay señales de nadie en casa. Salta la valla hacia la casa de vacaciones de los chicos drogados, su corazón se acelera; no puede respirar por un segundo. Mierda. Ahora no. Se pone la mano derecha sobre el pecho y empieza a inspirar y espirar. Ahora está en el suelo, de rodillas, sigue intentando aspirar aire. La puerta trasera se abre, Shaun y Jeff salen al patio. Jeff dice con voz aguda:

—¿Qué mierda estás haciendo? ¿Qué está pasando?

Empiezan a reírse. Travis aspira aire, recupera lentamente el aliento, recupera su ira. Mira el tendedero. Los vaqueros negros, las camisas azules, el uniforme de Billy. Siempre llevaba vaqueros negros elásticos. Siempre Levi's. Ahora está enfadado. Se levanta y carga contra la puerta del piso de la abuela. La derriba de sus bisagras oxidadas, irrumpe y ahí está Billy, en una cama plegable. Atado con cables. Marcas de huellas en el pliegue de su brazo izquierdo. Dos jeringas en un pequeño plato al lado de la cama. Entonces el hedor golpea a Travis. Toca el brazo izquierdo de Billy. Frío, duro, rígido. Los dos hombres corren hacia un coche en la calle cuando Travis los alcanza. Tira a Shaun al suelo y lo mantiene allí. Jeff llega hasta el pequeño Hyundai rojo y arranca el motor. Travis intenta sujetar a Shaun, que se agita y grita, y el coche se aleja dejándolos a ambos tirados en la carretera.

Llega la policía. Travis les cuenta su historia. Entrevistan a Shaun y alcanzan a Jeffy a veinte kilómetros de Avalon, en la autopista hacia Sydney. No es el movimiento más inteligente. Los policías absuelven a Travis rápidamente. Conduce hasta la comisaría y espera. Después de interrogar a Shaun, uno de los agentes sale y le dice que Shaun y Jeffy lo hicieron por venganza, por haberlos dejado a ambos. Que lo querían. Atrajeron a Billy con la historia de una última fiesta. Hicieron la última fiesta, pero después lo doparon, lo ataron y lo llenaron de heroína. Travis llama a Ahn, le cuenta la historia sin rodeos, ella traga las lágrimas.

—Voy a volver directamente por ti. No vayas a ninguna parte, llámame si quieres hablar, pero espérame allí —dice Travis.

CAPÍTULO DIECISIETE

Como en el sueño de Travis, Katya y Perry están bailando juntos en un enorme club nocturno de Melbourne, en un callejón de la calle King. Katya lleva unos pantalones negros ajustados de seda, un top corto morado ajustado, que deja ver su estómago firme, mangas largas que ocultan sus huellas de heroína. Perry lleva una falda larga negra, una blusa azul cielo; sus ojos verdes brillan. Lleva el pelo corto como Audrey Hepburn en *Diamantes para el desayuno*. Los dos bailan con fuerza al ritmo de un bajo que retumba. Katya es alta y también ha añadido velocidad a la mezcla. Perry es ordenado, de carácter fuerte, sólo toma heroína muy de vez en cuando, nunca con una aguja. Todavía tiene dinero en efectivo de Sydney y está pagando todo, incluyendo el Airbnb en Abbotsford.

Un griego se desliza al lado de Perry, empieza a imitar sus movimientos de baile, a Perry le gusta, va a jugar con este cabrón, sí. Su amigo, otro chico griego, más joven, empieza a bailar con Katya, ella le sonríe, él le devuelve la sonrisa, la toma por detrás por la cintura. Katya se gira, mira por encima del hombro derecho a su nuevo hombre, vuelve a sonreír y se aleja de él dando vueltas y riendo. El joven la sigue, la agarra de nuevo, ella se inclina hacia él, lo besa en el cuello, el joven se ríe y todos siguen bailando.

Más tarde, los cuatro están en el baño para mujeres. Katya está inclinada sobre el asiento del retrete cerrado inhalando una línea de anfetamina, su hombre le aparta el pelo de la cara. Perry y el griego mayor se besan en otro cubículo y el hombre mete la mano por debajo de la falda de Perry, pero lo aparta, todavía no, no está listo, se besan un poco más, luego hacen unas líneas de anfetamina cada uno.

Todos salen del baño para mujeres y Perry dice:

—Volvamos a nuestra casa, ahora, vamos.

Los dos hombres se miran y se ríen. Katya se ríe también y dice:

—Estoy lista.

Los dos hombres se sonríen. Todos salen a la calle, Perry llama a un Uber y mientras suben Perry le dice al conductor:

—Todo bien.

—Todo está bien —dice el conductor. El Uber los lleva a Victoria Parade, directamente sobre la calle Punt, a lo largo de la bulliciosa y ajetreada calle Victoria, donde los drogadictos caminan con los dueños de restaurantes de alto nivel. Hay locales de comida barata para llevar, salones de masajes, demasiadas panaderías y sobre la calle Church, unos cientos de metros después giran en una pequeña calle lateral a la derecha. Todos salen a trompicones.

—Que empiece la fiesta —dice Perry en voz alta, mira a Katya y se ríen.

Dentro, es un apartamento de dos dormitorios entre otros diez o doce apartamentos en el mismo bloque, hay música y ruido de televisión de los apartamentos de alrededor. Los hombres se desploman en grandes sillones marrones.

—Voy por las bebidas —dice Katya con voz cantarina

—Yo también —dice Perry

Hay vodka y refrescos en el refrigerador. Katya se pone a buscar hielo del congelador y los dos mezclan las bebidas. Perry añade dos pastillas de Rohypnol a la bebida de cada uno y hace chocar los vasos.

El griego mayor es Yanni. Lleva un pequeño bolso de cuero negro, eso es lo que Perry quiere ver. El más joven es Kostas y es alegre y simpático. A Katya le gusta, pero Perry le ha contado el plan. Necesitan más dinero en efectivo ahora que le ha mentido. Los dos hombres terminan sus bebidas rápidamente. Yanni tiene las manos encima de Perry, le mete la mano por debajo de la falda mientras se sienta en sus rodillas en el gran sillón. Sus manos recorren los muslos de Perry, mientras empieza a marearse, encuentra las pelotas de Perry y se queda en shock durante unos segundos, sacudiendo la cabeza, ¿qué mierda está pasando? Consigue apartar a Perry de él que se ríe a carcajadas y Yanni se tambalea de la silla. Kostas también se levanta de la otra silla mareado, ambos luchan contra ella, pero la droga es demasiado potente. Katya se tapa los ojos con las manos y Perry sigue riendo mientras los dos hombres intentan ponerse en pie, intentan luchar hasta que no les queda más remedio que rendirse y tumbarse. Perry va directamente por el pequeño bolso negro.

Hay mil en efectivo en el bolso y tarjetas de crédito, toma el dinero y deja las tarjetas. Katya revisa la cartera y los pantalones de Kostas y encuentra otros seiscientos.

—Vámonos de aquí, nos quedaremos en el Hilton un par de noches, luego Dylan nos enviará más dinero —dice Perry.

—Dios, Perry, te lo dije. No le hables a Dylan de mí. No vuelvas a mencionar su nombre, por favor. No puedo soportarlo. Si es verdad. No lo soporto.

—Madura, cariño, es ese horrible Travis el que te mete pensamientos estúpidos en la cabeza. No fuimos nosotros.

Nosotros no hicimos nada. Dylan no hizo nada, fue un loco haciendo lo que hacen los locos.

—¿Por qué el dinero entonces?

—Oh, vamos. Soy su esclavo sexual siempre que él quiera. Va a venir a Melbourne; este dinero es un adelanto. Relájate, nena, te va a gustar.

—De acuerdo, de acuerdo, pero si es lo que...

Perry la besa en la mejilla, la abraza y le dice:

—Vámonos de aquí, nena.

—Si tú lo dices.

—Lo digo. Vamos, nos vamos a la parte lujosa.

CAPÍTULO DIECIOCHO

Travis conducía a toda velocidad por la calle Old South Head. Ahn le ha dicho que no puede quedarse quieta, que no puede quedarse en su apartamento de North Bondi. Tiene la llave de su casa y lo está esperando allí. ¿Qué mierda iba a decirle?

Se estaciona delante de su apartamento rentado en Lamrock Ave, sube las empinadas escaleras, baja por la calle secundaria hasta la puerta. Abre la puerta, pero no oye nada cuando la cierra. Entra en la cocina. Hay luz que entra por la puerta trasera. Está abierta. Ahn está sentada fumando. Había dejado de fumar hace un par de años.

Travis se arrodilla junto a ella, le pasa el brazo por el hombro y le dice:

—Lo siento, amiga. Quiero decir, lo siento, cariño, yo... es un desastre. Billy jugando demasiado, demasiado a menudo.

—Amable y suave, Travis, gracias. Sólo los hechos, ¿eh? Sin compasión, y sí, sé que dijiste que lo sentías.

—Lo conocías mejor que yo. Mira, esos dos tipos son unos putos perdedores y de alguna manera Billy cayó con ellos.

Estaban drogados con E o algo así. Riendo y riendo incluso cuando la policía estaba allí, era extraño.

—Esa es la vida de Billy. Extraña. De lo malo a lo grande a esto.

—¿Qué puedo hacer?

Ella se levanta, lo toma la mano, lo lleva de vuelta al departamento, él cierra la puerta trasera con la mano libre, ella lo guía por la cocina hasta su dormitorio. Se sienta en la cama, le suelta la mano y dice:

—Ahn, yo no...

—Shhh —dice ella poniéndose el dedo en los labios.

Se quita el jersey de lana fina y el sujetador, sus pechos son pequeños, redondos, perfectos, sus pezones de color marrón oscuro. Le toma de nuevo la mano y lo hace sentarse. Lo besa, le pone su mano en el pecho derecho, le roza el pezón con el pulgar, le besa la espalda, las lenguas se entrelazan suavemente. Ella pone su mano en su entrepierna, dejándola allí, siguen besándose. Él se quita la camiseta. Ella lo empuja de nuevo a la cama. Los dos se quitan los vaqueros. Ella le agarra el trasero y lo atrae hacia ella. Deja de besarlo durante unos segundos y dice:

—Puedes ser un poco brusco si quieres.

Permiso concedido.

Travis se despierta un poco aturdido como siempre. Observa su entorno, sabe que está en casa. Ahn no está en la cama. Puede oír la televisión en el salón, pero no puede distinguir lo que está viendo. Se levanta, se pone los vaqueros sin ropa interior, sale de su habitación por el corto pasillo y se detiene en la entrada del salón. Ella está sentada en el sofá en bragas y con una de sus camisetas negras fumando y bebiendo café. Lo mira y le dice:

—Gracias por lo de anoche.

—Parece que es tu respuesta a todo.

—¿Qué? ¿Para coger contigo? ¿Qué mier...?

—Yo no. Oh sí, mira, olvídalo. Me alegro ser de ayuda.

—Muchas gracias por tu simpatía en este momento.

—Ahn, estás aquí en mi apartamento. Anoche nos cogimos a lo tonto. Creo que puedo decir que estoy aquí para...

—Bien, bien. Lo siento.

—¿Qué vas a hacer?

—Llamé al trabajo. Puedo tener tres días libres, luego el funeral vendrá y se irá. Seguiré adelante, moviéndome, avanzando constantemente si puedo. Yo... no sé. Voy a tomar una ducha, y luego me iré.

—Muy bien. ¿Quieres desayunar?

Ella se levanta del sofá, lo agarra de nuevo la mano y esta vez lo lleva a la ducha. Ella se quita la camiseta, él se quita los vaqueros, ya duro, ella se quita las bragas, le agarra el pito mientras se meten en la ducha. Ella abre el agua caliente, la ajusta con la fría con una mano mientras lo acaricia con la otra. Se meten en el agua, él le agarra el culo, la levanta del suelo contra la pared de la ducha, el agua salpica, la mantiene allí con sus manos. Ella le rodea el cuello con un brazo y utiliza la mano libre para guiarlo dentro de ella. Travis sonríe y empieza a meter y a sacar. Ahn lo agarra por el cuello y empieza a mover las caderas contra él.

———

Se visten juntos en su habitación, ella con sus vaqueros y una camiseta azul que le ha prestado, deslizando por último su jersey negro de lana fina por encima de su cabeza, ajustándolo en la cintura una vez puesto. Travis se pone unos Levi's negros elásticos, una camiseta negra, calcetines naranjas y Docs negros. Busca su chaqueta de cuero marrón, la encuentra y se la pone, listo para rodar.

—Ahn, necesito que me devuelvas la llave.

—¿Qué?

—Mi llave, la necesito de vuelta.

—¿Por qué?

—Vamos a trabajar para dos tipos diferentes que se besan en público, pero se odian a muerte en el mundo real.

—¿No confías en mí?

—Ahn, esta es mi oportunidad de volver a lo grande. No jugando al fútbol, una forma diferente de entrar. Me dará un montón de trabajo de investigador privado. Lo sé.

—Todavía te gusta ese mundo sórdido, ¿no?

—No esa mierda de nuevo. Estaré trabajando...

—Lo sé. Trabajarás en sus clubes de apuestas. Un gran paso adelante.

—Oye, ¿qué puedo hacer? Puedo encontrar gente, tú misma lo dijiste. Encontré a Billy. Puedo hacer un buen trabajo para Andy Chiu. Trabajar mi camino hacia arriba. Joder. Todavía soy joven, Ahn.

—He oído que tenías una chica contigo en el partido del domingo.

—¿Y?

—Volviendo a ser un engreído, sintiéndote bien, Travis.

—La llave, Ahn.

Ella la saca del bolsillo para monedas de sus vaqueros. Una sola llave. Dice:

—Está bien. Te estaba haciendo pasar un mal rato.

—¿Puedo llevarte a casa?

—Claro, ¿a dónde vas?

—Voy a ver a esa chica, luego me voy a medir trajes para...

—Ya sé para qué.

CAPÍTULO DIECINUEVE

Travis se sienta en el coche fuera de la casa de Ahn. La observa subir las escaleras. Había estado muy enamorada de Billy. Él lo sabía con certeza, pero era una chica fuerte, pensó, y sonrió para sus adentros ante la palabra que utilizó para describirla. Fuerte. Como una chica fuerte de una película de cine negro de los años cincuenta. Pero así era ella. Fuerte como la cabeza de un gato.

Revisó su teléfono, encontró el número de Olsen y lo llamó dejando su número oculto.

—Olsen.

—Soy Travis Whyte.

—Adelante.

—¿Encontraste a Perry?

—No es mi trabajo, Señor Whyte. Su información ha sido transmitida a los chicos de Melbourne. Ellos encontrarán a Perry si está allí.

—Encuentra a Perry, encuentra al asesino.

—Sigues diciendo eso, carajo. ¿Por qué no la encuentras a

ella o a él? He oído que eres bueno encontrando gente, aunque un poco tarde con el joven Billy.

—Sin embargo, lo encontré, ¿no? y...

—Ahora estás trabajando para Andy Chui, no tienes tiempo para encontrar a Perry, para encontrar al tipo que ayudó al asesino a tenderle una trampa a esa pobre chica en ese motel de mala muerte en el que trabajabas.

—Yo... podría encontrar tiempo. No ha terminado, todavía.

—Vete a la mierda, perdedor, no vuelvas a llamarme. Voy a preparar un caso contra ti.

—Corre por tu vida.

Olsen termina la llamada. Travis se siente culpable como nunca antes. Tenía razón. Olsen tenía razón.

Enciende la vieja Dolomite Sprint, mete una cinta de Peter Frampton y da media vuelta en dirección a Potts Point para ver a Babus. Para pedir una reunión con Farez. Otra cosa que no tiene ni idea de cómo lidiar. Esperará a estar en la habitación con él para resolverlo.

―――

Babus no está en casa. No responde a su teléfono. Sale del coche. Llama a Angelo, que contesta enseguida y dice:

—Me he enterado de lo de Billy. Hiciste bien en encontrarlo aunque fuera demasiado tarde, lo encontraste antes que la policía, antes que Ahn y...

—¿Andy Chiu dijo algo sobre un sastre?

Angelo tosió.

—Te he reservado una cita para mañana con un sastre en Strand Arcade, en la calle George. También es mi sastre. Lleva en el negocio desde el principio de los tiempos.

—Es bueno saberlo. ¿A qué hora? —pregunta, rezando que diga algo así como la tarde.

—Las 3 de la tarde.

—Eres un buen hombre, Angelo.

—¿No hay dudas? Esto podría llevar a cualquier cosa. Chui se mueve súper rápido. Si le gustas, el trabajo que haces, el cielo, sí, ya conoces el cliché, pero es jodidamente cierto.

Travis no había escuchado a Angelo decir palabrotas antes. Tenía un poco de fuerza.

—Voy a hacer lo que pueda. Pero deberías saber. Olsen envió a alguien para darme una paliza, sólo que tuve suerte. Él cree que va a presentar cargos contra mí y...

—No puede presentar cargos. Y la otra cosa, ¿dijiste que envió a alguien para...?

—Golpearme, sí.

—Se lo haré saber a Chui. Sabes que Olsen está bajo sospecha ahora. Si Chui se lo hace saber a la gente adecuada, todo podría acabar para él.

—No hay pruebas. Sólo mi palabra, y no lo sé. Tengo la sensación de que...

Babus aparece frente a Travis con unas largas botas marrones, una minifalda color camello y una camisa de seda negra, con dos botones desabrochados, sin sujetador.

No podía hablar. Era increíble. De pie, con una bolsa de la compra en cada mano, sonriendo frente a su coche.

—Hola —dice él.

—¿Qué? —dice Angelo.

—Tengo problemas de chicas, te llamaré mañana —dice y termina la llamada.

Angelo se encoge de hombros, ¿problemas de chicas? Llama a Chui para contarle que Olsen ha mandado a alguien a darle una paliza a Travis.

—Hola a ti —dice ella, y deja las bolsas en el suelo.

Travis camina hacia sus brazos. Ella le rodea el cuello. Él le besa las mejillas, ella se acurruca en su cuello, él le besa los ojos y la boca, ella le devuelve el beso y luego le susurra al oído:

—Será mejor que subamos.

———

Babus lleva puestas unas pantaletas blancas de seda y nada más, está de pie unos metros más atrás del balcón, mirando la vista, el siempre gris pero espectacular monolito del Puente ligeramente a la derecha, las velas blancas del Teatro de la Ópera frente a él. Está lloviendo a mares, ella está fumando. Travis está en la cocina intentando arreglar la costosa máquina de café. Mira alrededor del departamento mientras está de pie junto a la encimera de granito negro. Todo nuevo, todo lo último, listo para entrar a vivir, podría decir el eslogan de la inmobiliaria. Ahora es el momento.

—Quiero conocer a tu hermano, Farez.

—Lo sé.

—Como ayer.

—Oh, eres el gran héroe que no llegó a tiempo.

—Sabes lo de Billy.

—Salió en las noticias. El dueño del club nocturno Ángeles fue encontrado muerto por el investigador privado, Travis Whyte, que también estaba trabajando en el Motel Cross cuando Ann Gables fue asesinada.

—¿Y?

—¿Crees que Farez tuvo algo que ver con esto?

—No. No lo creo. Esos dos, estaban drogados con algo, jodidos de la cabeza tal vez antes de drogarse. A Billy le gustaban los locos. Él era uno o lo había sido hasta... y esto es lo que me molesta. Ahn me dice lo bien que le va. El gerente de los Ángeles dice que es un genio en el manejo del negocio, las ganancias son altas. Pero su novia Ahn no sabe nada de Farez, que se supone que al menos es dueño de una parte.

Babus se vuelve hacia él, no puede apartar la mirada de su vientre plano, sus pechos redondos y perfectos, las pantaletas de seda blanca.

—No hay nada raro ahí. Un socio silencioso; sucede en todas partes —dice ella

—Pero el número de teléfono de Farez está en un teléfono que encontré en casa de Billy junto con otros dos números. El gerente y Shaun, que mató a Billy. Llamé a Farez desde el teléfono de Billy y le digo que soy Billy y él está enfadado, como, ¿por qué mierda me llamas enfadado? Así que, sí, quiero conocerlo.

—Deja de mirarme.

—Ponte algo de ropa. Es imposible...

Ella se ríe a carcajadas, camina rápidamente hacia el dormitorio y cierra la puerta.

Bebe su café en el balcón mientras fuma. Si mira a la izquierda, puede ver directamente los departamentos de la gente de un enorme edificio de departamentos al otro lado de la calle. Piensa que detrás de todas esas cortinas cerradas y algunas abiertas pueden estar ocurriendo todo tipo de cosas pervertidas, pero no pasa nada. Es media tarde. Tal vez la acción comience más tarde, cuando se apaguen las luces.

Ella aparece por detrás de él y Travis se sobresalta ligeramente. Ella se ríe de nuevo y dice:

—Un poco nervioso, estrella de los medios.

—Es curioso, nunca veo las noticias. Ni siquiera sabía que lo habían montado todo así. Recibí formación en medios de comunicación en Victoria cuando jugaba fútbol.

—Farez dice que puede verte mañana en su casa de Coogee. A las 6 de la tarde.

—Lo llamaste.

—No llegues tarde. Yo llegaría temprano si fuera tú. Le gusta que la gente llegue temprano porque siempre es puntual, siempre.

CAPÍTULO VEINTE

TRAVIS SE VA A CASA Y HACE SU INVESTIGACIÓN. EL ESTADO
de ánimo cambió después de que ella le contara lo de la
reunión. Era él, no ella. Farez es propietario de clubes y locales
de striptease en la calle Darlinghurst, pero es amigo del
popularísimo locutor de radio ultraderechista Brian Smith.
Smith es un enano que nunca habla pero que lo grita todo
mientras su carita se pone roja. Un fanfarrón. Y, por alguna
extraña razón desconocida, los habitantes de Sydney tienen una
relación de amor con sus locutores ultraderechistas. Melbourne
nunca habría soportado su vulgaridad barata. Pero Farez
también está metido en el mundo inmobiliario y en el tráfico de
drogas, porque también es amigo de los líderes de dos pandillas
de motociclistas. Su hermana es mencionada en un sitio web
como una joven de la alta sociedad. Babus era guapa, pero
Travis sabía que no era de la alta sociedad. Era exigente y dura
y tenía muchos movimientos tanto dentro como fuera de la
cama, pero no era una chica de escuela privada.

Durante el resto del día no le pasa nada a él ni sobre él. No
se ha quedado quieto durante una hora o más desde que lo

echaron del Cross. Un lugar en el que había pasado horas fumando, mirando las paredes o viendo películas antiguas en el antiguo canal de cine «de la casa».

No hace nada, camina de una habitación a otra pensando. Luego casi llama a Babus para cancelar la reunión con Farez. Pero no lo hace. No puede ver ninguna conexión entre Andy Chui y Farez en la investigación en Internet. Eso es bueno, pero se pregunta qué gana con reunirse con él ahora. Billy está muerto a manos de un par de tramposos, homosexuales, que se drogan con LSD. Sin embargo, no puede quitarse de la cabeza la voz de Farez; qué dijo, *desde cuándo nos reunimos*, o fue, *desde cuándo me llamas*. No era amistoso. Había algo de maldad en ello. Había dado el teléfono de Billy a la policía. Se pregunta si han hablado con Farez y el gerente de los Ángeles. ¿Tal vez Chui o Angelo podrían averiguarlo por él? Llamó a Angelo, pero le saltó el buzón de voz. No dejó ningún mensaje. Lo vería mañana.

Se fuma un porro, se mete en la cama, se siente relajado. La puerta principal está cerrada con llave. Las ventanas cerradas. Su pistola está al lado de la cama. Olsen, no puede trabajar. Diablos, Rogerson y Neddy Smith habían sido los mejores amigos. Cualquier cosa podría pasar en esta ciudad. Chui podría ser capaz de protegerlo, así como de avanzar en su carrera. Le ha dicho que sabe dónde vive Travis. ¿Dónde estaba el joven indígena? ¿En su habitación con la vista de millón de dólares, borracho? ¿Drogado? Pero Travis nunca ha visto al chico fuera de sí. Aunque tiene esa habitación, no es segura. En esencia, vive en la calle, y eso es más que suficiente para lidiar. Perry y Katya. Todavía lo siente. Siente que no está haciendo lo correcto. Una chica murió durante su turno. El asesino. ¿Sabía él dónde vivía Travis?

CAPÍTULO VEINTIUNO

Travis se despierta en medio de la noche. No puede respirar. Se esfuerza por respirar, se pone de rodillas. El corazón bombea. Lucha por ponerse de pie tratando de respirar. Intenta aspirar aire mientras rompe la jodida y estúpida percha intentando llegar a la ventana. Desbloquea el pestillo, lo empuja para abrirlo y respira con fuerza, el corazón sigue bombeando y el sudor le corre por la frente. Vuelve a empujar la percha. Se tumba. Adopta la posición, con la mano sobre el pecho. Inhala, exhala, empujando su estómago hacia afuera y uno y dos y tres y cuatro y cinco. Otra vez. Inhala y exhala, empujando su estómago hacia afuera y uno y dos y tres y cuatro y cinco, y su respiración bajo control ahora.

Mierda.

Cada vez son más frecuentes estos ataques de ansiedad. O son ataques de culpa, piensa. Esa chica murió durante mi turno.

———

Se despierta bien a las 7 de la mañana. Se pone sus pantalones cortos, una vieja camiseta blanca y sus tenis Nike. Va al refrigerador, saca agua fría, la bebe rápida y largamente, tiene un poco de dolor de cabeza por congelación durante unos segundos. Exhala. Se siente bien. Imparable. Sale por la puerta, baja las escaleras hacia la avenida Lamrock y corre a buen ritmo hacia la playa. Hay un perro que ve todo el tiempo. Su placa tiene el nombre de *Chica* rayado en ella. Es como el perro de Footrot Flats. Un cruce de Kelpie, cree. Sencillamente preciosa y superamigable, se inclina y le acerca la cara a la cabeza. Ella empuja hacia atrás contra su cabeza. Él le rasca la barriga. Ella se pone de espaldas. Él dice:

—Muy bien, Chica, necesitas un poco de delicadeza.

Le levanta las orejas y le frota la parte superior de la cabeza. Ella esboza una gran sonrisa estúpida. Le acaricia la cabeza una y otra vez sonriendo para sí mismo. Nunca conoció al dueño.

—Tengo que irme, Chica.

Cruza el Campbell Parade, baja por la calle lateral junto al Club Icebergs y baja las escaleras. Va de dos en dos, con el océano chocando contra las rocas a unos metros de distancia. Es la mejor carrera matutina del mundo, cree, mientras sigue pasando por Mark's Park y Tamarama hasta Bronte. Siente que podría ir fácilmente a Coogee y volver, pero se da la vuelta en Bronte, pasando por la piscina del océano, a lo largo de la vereda. El océano a su lado, las olas rompiendo, el agua blanca, los surfistas en los mejores descansos, la gente se le acerca caminando y trotando desde la dirección de Tamarama. Prácticamente corre todo el camino de vuelta a los Icebergs, se siente tan bien. Tengo que dejar de fumar, piensa, antes de que me afecte. Llega a la esquina de Lamrock Ave y Campbell Parade. Hay una nueva cafetería. Se detiene y compra un café para llevar. Vuelve a recorrer los últimos cien metros hasta su departamento sorbiendo el café y pensando en el primer cigarrillo del día. Debería comer algo antes o quizás preparar un café, sentarse y encender el primero del día.

para llevar. Vuelve a recorrer los últimos cien metros hasta su departamento sorbiendo el café y pensando en el primer cigarrillo del día. Debería comer algo antes o quizás preparar un café, sentarse y encender el primero del día.

CAPÍTULO VEINTIDÓS

Entra en Albert, la sastrería, y Angelo está de pie en el mostrador con una hermosa chica de larga y espesa melena pelirroja. Travis mira otra vez, es tan bonita. Sus ojos azules le miran. Se acerca a los dos.

—Travis, ésta es mi amiga Dianne —dice Angelo.

Dianne le tiende la mano y Travis la toma mientras dice:

—Lo que él quería decir es que ésta es mi compañera, es decir, mi novia, Dianne.

Le da a Travis un fuerte apretón de manos. Travis sonríe y dice:

—Puedo ver la compatibilidad entre ustedes.

Ambos se ríen y Angelo dice:

—Sigues sorprendiendo, Travis.

—Es lo que hago.

—Dianne se va ahora, creo.

—Sí, tengo que apurarme, encantada de conocerte, Travis —dice ella y le sonríe.

—Lo mismo —dice él.

Y mientras Dianne se va, Angelo dice:

—Saldrá en un segundo. Es viejo pero brillante. Ten paciencia.

—Estoy empezando a pensar que he defraudado a esa chica. No estoy empezando a pensar. Sé que la he defraudado.

—No sé qué crees que vas a hacer, Travis. Deja que la policía lo haga.

—Puedo encontrar gente.

—La policía también puede. Estás en un momento crucial en tu vida.

Un tipo mayor con el pelo gris, pantalones grises, zapatos negros imposiblemente brillantes, una camisa blanca y un saco azul sale de una trastienda, con una cinta métrica alrededor del cuello, diciendo:

—Hola, hola, tú debes ser Travis. Tenemos trabajo que hacer aquí, Angelo.

—Está todo pagado, Travis. Nos vemos mañana por la noche en el Club.

—Nos vemos, Angelo.

A eso de las cuatro de la tarde, Travis sale. Los trajes estarán listos mañana al mediodía. Tiene un par de horas libres. Babus dijo que llegara temprano. Lo hará.

Se sienta en un café donde estaba la antigua tienda Gowings. Le gustaba comprar allí. Era barato, el personal nunca era insistente. No parecía haber ningún orden en el lugar. La mierda estaba por todas partes. No comprarías un traje allí. Pero las camisas, los pantalones cortos y las camisetas estaban bien. Tenían un barbero en el que podías cortarte el pelo por 10 dólares, y eso fue hace sólo tres o cuatro años.

Da un sorbo al café lentamente, golpeando con la mano en la mesa. Se detiene. Toma el móvil y llama a Katya. Ella contesta.

—¿Dónde estás?

—Déjame en paz, Travis.

—¿Qué?

—Quiero decir, no sé lo que quiero decir. Dame espacio.

Ella cuelga.

Llama al legendario Bodie.

—Hola.

—Bodie, soy Travis.

—Me alegro de oír tu voz, amigo.

—¿Sabes dónde está Katya?

—Me enteré de lo que pasó.

—Eso no es lo que te he preguntado.

—¿Qué te pasa, hermano? Soy tu amigo.

—Lo siento. Es importante.

—Está bien, pero no, no lo sé. ¿Podemos ponernos al día algún día?

—Sí, me gustaría. ¿A principios de la semana que viene, una vez que el partido termine el domingo?

—De acuerdo, llámame y dime dónde.

—Gracias, Bodie.

Termina su café. Camina la corta distancia hasta detrás de la magnificencia del edificio Queen Victoria de finales del siglo XIX, donde estacionó su coche. Pierre Cardin dijo una vez que era el centro comercial más bonito del mundo. Se sube y lo pone en marcha. Llegará a Coogee sobre las 5:30, ya que es prácticamente hora pico. Espera que le caiga bien a Farez. Espera que esta mierda no se le vaya de las manos porque le gusta Babus. Mucho. Tal vez demasiado, demasiado pronto.

CAPÍTULO VEINTITRÉS

Farez vive en la calle Dolphin, a unos cinco minutos de la playa, en un apartamento de dos plantas de concreto blanco y negro. Impenetrable es la impresión. Una puerta de seguridad negra para el acceso de coches y peatones. Travis pulsa el intercomunicador y espera. Pasan unos segundos, luego diez segundos, veinte segundos. Travis intenta pulsarlo de nuevo, pero una voz dice:

—¿Travis Whyte?

—Sí.

—Empuja la puerta ahora. —Se oye un zumbido y Travis empuja el portón y sube las escaleras blancas hasta la puerta negra. Al llegar a ella, la puerta se abre de un tirón y un tipo grande, como un fisicoculturista, pero de baja estatura, abre la puerta.

—¿Farez? —dice Travis.

—No, soy Dima. Entra, sígueme —dice el grandulón y lo lleva por un pasillo hasta una puerta abierta. Travis mira dentro de la habitación y Dima dice—: Espera ahí. Farez no tardará. Sírvete una copa. —Y se marcha.

Está en una pequeña sala con una gran pantalla que ocupa casi toda la pared del fondo. Hay una pequeña barra a la izquierda con espacio suficiente para tres taburetes, cada uno con cojines de leopardo. Hay un par de grandes sofás negros de dos plazas uno al lado del otro. Hay sillas de repuesto repartidas por todo el lugar. Travis va detrás de la pequeña barra y abre el frigobar. Encuentra una botella de limonada y un vaso. Hay una pequeña máquina de hielo. Toma lo suficiente para su bebida de la bandeja abierta en el fondo. En la barra hay un cenicero. Enciende un cigarrillo, apoya el trasero en uno de los cojines con estampado de leopardo, aspira profundamente, echa el humo al aire y da un sorbo a su bebida. En este momento tiene mucho dinero en efectivo. Más de lo que necesita, y esta noche y mañana tendrá más dinero, pero no ha tenido tiempo de drogarse y salir o pasar un día apostando a los caballos, y la obsesión por el juego lo ha abandonado misteriosamente por el momento. A él le gusta. Tiene dinero; ¿por qué apostar?

La puerta se abre. Un hombre alto y delgado, con pantalones chinos negros y camisa de lino blanca, entra en la habitación.

—Travis, soy Farez dice y extiende la mano.

Farez va detrás de la barra y mira a Travis. Travis le devuelve la mirada con fuerza. Farez tiene unas profundas cicatrices de acné en la mejilla derecha y pequeñas cicatrices como grandes muescas de afeitado en la frente. Tal vez lo hayan golpeado con un vidrio, piensa Travis, en el pasado, cuando estaba en ascenso. Farez sonríe. Travis ve unos dientes más rectos que rectos y más blancos que blancos. Todo ello conseguido con la ayuda de un dentista caro. La rudeza de su cara mezclada con la dentadura perfecta le da un aspecto convincente. Genial pero peligroso. Lleva el pelo negro rizado y cortado a lo largo.

—¿Otra copa? —le dice a Travis.

—No, tal vez puedas rellenarla. Es limonada.

Farez rellena la limonada. Se sirve un refresco de jengibre seco y le dice a Travis mientras levanta su vaso:

—Por la sobriedad.

Travis se ríe, bebe y dice:

—Me gusta beber, pero no ahora.

—Yo también —dice Farez y se ríe. Hay un silencio durante un minuto entero, tal vez más. Finalmente, Farez dice—: ¿Qué quieres?

—Sabes que he encontrado a Billy.

—Aunque demasiado tarde, Travis.

—Sí, es cierto. Encontré un teléfono móvil en la casa de Billy en Darlinghurst. Tenía tres números.

Travis deja de hablar durante diez segundos y da otro sorbo a su limonada.

—Tenía tres nombres en la lista de contactos. Tú, el gerente de Ángeles y Shaun, que ayudó a matarlo. Te llamé desde ese teléfono y te dije que era Billy, y no estabas contento. ¿Por qué?

—No es asunto tuyo.

—¿Tienes parte de la propiedad de Ángeles?

—Tengo la propiedad total de Ángeles. Billy era el gerente; hizo un gran trabajo una vez que empezó a seguir mis consejos.

—Pero su novia me dice que...

—Billy quería impresionar a Ahn y a su padre. Para demostrar que había cambiado. Le pagué mucho dinero. Lo estaba haciendo bien.

—Pero cuando te llamé diciendo que era Billy...

—Una vez más. No es asunto tuyo. Llegaré a un acuerdo financiero con Ahn a su debido tiempo.

Travis es rechazado. No tiene nada.

—¿Tú y mi hermana se están viendo?

—Sí.

—Cuida de ella, Travis. Tengo que irme. Dima te acompañará a la salida —dice caminando desde detrás de la barra hacia la puerta.

—Una cosa más —dice Travis—, ¿ha hablado la policía contigo?

Farez sale de la habitación sin responder.

CAPÍTULO VEINTICUATRO

KATYA Y PERRY PASARON UNAS CUANTAS NOCHES EN EL Hilton de East Melbourne. Tras registrarse, pasaron desapercibidos, vieron películas y pidieron el servicio de habitaciones, sin abrir nunca la puerta, pidiendo que les dejaran las bandejas fuera. La habitación no tenía servicio, dejaban las toallas fuera de la puerta y las empleadas traían otras limpias y papel higiénico. No tocaron el minibar; tenían sus propias provisiones. Perry estaba nervioso por Katya.

Se registraron en otro Airbnb la mañana en que Travis debía empezar en el club de juego de Andy Chui. Nunca conocieron al anfitrión, porque había un código para la puerta principal y para el departamento de Preston. Era un trabajo de dos dormitorios, sencillo y ordinario en un bloque sencillo y ordinario de apartamentos de ladrillo en una calle trasera detrás del centro comercial de la calle High. Perry tiene muchas identificaciones. No importa. Él es Dom Martin para este lugar. Perry no cree que Travis venga a buscarlo, pero si lo hace, no lo hará en Preston. Pensará que Perry está en St Kilda o en los alrededores de la calle Chapel, tal vez en Richmond o South

Yarra, lugares llenos de color y entusiasmo, cafés, bares y entretenimiento nocturno. Preston tiene algo de esto, Northcote y Thornbury, cerca, tienen más. Él y Katya pueden seguir haciendo todas estas cosas, salir, volverse locos, pero volver a Preston para dormir y relajarse. Perry sabe que Travis piensa que él es malvado; un «despilfarrador» lo llamó una vez.

Perry cree que Travis ama a Katya, tal vez esté *enamorado* de ella. Pero Katya quiere a Perry como una hija quiere a su madre. Dylan viene mañana y Perry está encantado. Dylan es inteligente, lleno de ideas, retorcido como él, y tiene dinero. Perry no sabe de dónde viene, pero lo quiere, todo lo que pueda conseguir de él. ¿Mató a la chica del Motel Cross? Perry no lo sabe, pero ¿quién más podría ser? La descripción que Travis dio a la policía y que luego pusieron en el periódico, era Dylan, pero también varios miles de otros tipos de treinta años. No es muy guapo el señor Dylan, pero es peligroso, y eso le gusta a Perry más que nada.

CAPÍTULO VEINTICINCO

Travis se presenta a todo el mundo en El Den. Este es el nombre del club de juego que se encuentra en una tranquila calle lateral de la calle Macleay, en Potts Point, a unos cientos de metros de Kings Cross. No hay carteles en ninguna parte con el nombre del club. Es la planta baja de una mansión victoriana de tamaño medio. En el piso de arriba hay habitaciones con chicas que esperan en una especie de elegante sala común con una supervisora de nombre Cherry, esperando a que los ganadores lo celebren y los perdedores se quejen, cojan y se vayan a casa.

Travis sabe lo que tiene que hacer. Hay una contraseña que cambia cada noche. Si los invitados no conocen la contraseña, no entran. Travis trabaja con un tipo llamado Wicky. Un tipo mayor con un bigote de DK Lillee, alto y de hombros anchos, que parece venir de otra época. Lleva el pelo corto con una cola suelta en la parte trasera. Le dice a Travis mientras tres personas suben por el camino hasta la puerta principal:

—Aunque hayan estado aquí veinte veces antes, no importa. Si no consiguieron la nueva contraseña, hay una razón. No necesitamos saber la razón; hacemos lo que nos pagan por hacer. Enseña esa funda de pistola tuya y la mayoría de los imbéciles se echan atrás. Las mujeres son las peores. ¿Cómo te atreves? Y así. Si la cosa se complica, hacemos que Cherry venga de arriba para ayudar a hacerles entrar en razón. Intenta no ponerle la mano encima a ninguna mujer, nunca. Ahora, vamos a ver si estos putos tienen la contraseña.

Uno de los hombres del grupo de tres agarra la aldaba ornamentada y la golpea contra la puerta tres veces, con fuerza. Wicky pone los ojos en blanco, abre la puerta.

—Contraseña, señores.

El tipo lo mira y dice:

—Vodka martini y que sea rápido.

—No me joda, señor —dice Wicky—, contraseña o lárguese.

Travis sonríe ampliamente a su nuevo amigo, el invitado masculino tose un par de veces y dice:

—Ginger.

Bienvenido a El Den, señor, y buena suerte.

Travis recibe varias veces una propina de cien dólares por dejar entrar a la gente. Otros tipos le ponen billetes de 50 dólares en la mano, también de 20. Dinero en mano, bueno y limpio, a la antigua usanza, sin dinero de los impuestos. Piensa que el trabajo es sencillo, pero Wicky no deja de decirle:

—No te relajes. Cuando te relajas, pasan cosas, y al Señor Chui no le gusta que pasen cosas.

Wicky le deja «dar un paseo» después de unas horas, cuando hay una pausa. Se pasea por todo el club. Las mujeres son en su mayoría delgadas y rubias, con dientes y labios que parecen haber sido inyectados con algún líquido extraño. Destaca una mujer de cabello oscuro con un vestido plateado sin espalda. Una joven asiática que él cree que podría ser china es preciosa con un traje negro. Los chicos son en su mayoría ruidosos y odiosos, y luego hay algunos apostadores profesionales, tipos tranquilos y fríos, que intentan ganar a la banca, pero la banca nunca pierde; no el tipo de dinero que podría cambiar su vida. El local está engalanado con sofás de cuero marrón y negro contra las paredes. Un bar en la esquina de la sala principal de juego es sorprendentemente pequeño. No puedes sentarte allí a tomar una copa; no hay sitio. Chui quiere a sus invitados en las mesas de juego. Un par de chicas con faldas lápiz negras, camisas blancas, tres botones desabrochados y sujetadores negros a la vista, más otro tipo vestido de blanco y negro y con corbata de moño que lleva las bebidas de la barra a las mesas. La noche transcurre sin incidentes.

Travis llega a casa sobre las 8 de la mañana, tira el dinero de las propinas sobre la mesa, toma un trago de agua fría del refrigerador, se sienta y cuenta los billetes. 700 dólares en propinas por una noche, pero odiaba a los imbéciles que las repartían como si él fuera una especie de elemento secundario necesario. Se levanta, se quita el traje en el baño, se mete en la ducha y se queda veinte minutos pensando en la noche. Luego empieza a pensar en Babus y sale, camina desnudo desde la ducha hasta su dormitorio, cierra las cortinas de la pequeña ventana y se mete en la cama.

Se despierta a las 5 de la tarde. Tiene que empezar a trabajar a las 10 de la noche. Esos 700 dólares están deseando ser gastados. Se ducha de nuevo, se viste con unos viejos Levi's 501 azules, una camiseta negra, se pone un polo negro de punto sobre la cabeza. Se pone los calcetines y los Doc Martin. Toma su segundo traje, una camisa blanca limpia y una corbata, los pone en una percha y sale hacia el coche. Cuelga el traje en la parte trasera en un clip junto a la parte superior de la ventana trasera. Conduce hasta el estacionamiento de la avenida Ward en el que solía estacionarse cuando trabajaba en el motel Cross. El código sigue siendo el mismo. Se estaciona, camina hasta el

Hotel Crest, sube al bar del primer piso. Tienen las carreras en directo en una pantalla grande. Pide una cerveza y un chupito de Whisky. Su velada comienza sola, aunque seguro que conoce a gente en el bar Goldfish Bowl de la planta baja. El juego es un viaje en solitario para Travis.

Apuesta y bebe y apuesta y bebe. Después de un par de horas, el camarero está harto de verlo porque está apostando a lo loco en casi todas las carreras de caballos, arneses y galgos. El barman había planeado una noche fácil. Ya nadie venía a este antro. Todo el hotel estaba en venta. Mantienen este bar abierto para los huéspedes, pero nunca viene nadie. Hace una hora, el barman pagó mil dólares a Travis, pero el viejo Travis, puso quinientos en el blanco en un tiro de veinte a uno. Más otras apuestas de cien dólares cada una y otra cerveza con un whisky doble y apuesta y bebe y apuesta y son las diez. No puede enfrentarse a todo el montaje de nuevo. Fue demasiado elegante. Demasiado horrible, aceptar esas propinas de cien dólares de unos cabrones a los que no mearía encima. En el Motel Cross, era registrar, bla, bla, pasar un buen rato, pero a Travis le gustaba. Le gustaba contarle a la gente todos los lugares geniales a los que ir. Cómo llegar a dónde. Simpatizaba con los viejos solitarios que venían en medio de la noche o durante el día a llamar a una prostituta o a recoger una de la calle. Eran tristes, sí, pero le gustaban. Le gustaba estar en la entrada del Motel, viendo cómo se iluminaba y se apagaba la loca calle. Especialmente, le gustaba cuando llovía un viernes por la noche muy concurrido o un martes por la noche, tan solitario y triste, a las 11 de la noche. La gente caminando con las cabezas agachadas, los vendedores amontonados alrededor de la entrada de los clubs, sin hacer ventas, riendo y contando chistes, porque no había nadie. Las chicas de la calle, todavía tristes, solitarias y hermosas. Paul Kelly escribió una hermosa línea en una canción sobre ello.

Travis se levanta y agradece al camarero. Está un poco enojado, también agotado. En el ascensor cuenta su dinero. 285 dólares y el cambio. Suficiente para una gran noche. Camina por la calle Darlinghurst entre la multitud de gente de Kings Cross a primera hora de la noche. Se dirige al Motel Cross. La puerta está abierta. Gavin le entrega a un anciano con una calva en la nuca la llave de una habitación. Sonríe cuando ve a Travis. El viejo entra en el ascensor.

—Gavin, amigo, ¿todavía haces los turnos de doce horas? —dice Travis,

—Estás un poco enojado, amigo.

—Lo estoy.

—Pensé, yo, um, escuché que estabas trabajando en algún club o...

—No más, no más. Necesito algo de anfetamina, amigo. Me estoy cansando, y tengo toda una noche por delante.

—Entra en la parte de atrás.

Travis esnifa dos líneas, y borracho, riéndose para sí mismo, le dice a Gavin:

—Gracias, amigo. ¿Cuánto te debo?

—Ciento veinte por los dos gramos. Las líneas van por cuenta de la casa.

—Muy amable, Gav. Necesito hacer una o dos llamadas.

—Adelante.

Travis llama a Bodie a la tienda erótica de la calle Oxford, Darlinghurst. Responde, y Travis reconoce su voz.

—Boooodie, ¿a qué hora terminas de trabajar, amigo?

—A las once.

—Salgamos a beber y a ver algo de música. Vamos a viajar tan alto como un cometa.

—Suena como si ya hubieras empezado, pero sí. Puedo conseguir un taxi donde quieras.

—¿Conoces el Motel Cross donde solía trabajar?

—Sí.

—Te veo en una hora, Boooodie.

—Nos vemos, Trav. Tómatelo con calma, amigo.

Travis llama a Ahn.

—Hola.

—Ahn cariño.

—Oh, cariño, cariño, cariño. Debes estar borracho.

—Lo estoy.

—¿Qué pasó, Travis, ese club no es lo suficientemente sórdido para ti? ¿Al menos llamaste a Andy Chui?

—No. Un nuevo comienzo limpio.

—Complicado, más bien. Sabes que va a venir a buscarte en algún momento.

—Ven al Motel Cross. Booooodie estará aquí en una hora.

—Bodie, Dios mío. Estás borracho. El semental de la tienda erótica.

—El mismísimo. Ven, ven, por favor, di que vas a venir.

—Lo haré. ¿Vas a hablarme de este tal personaje Farez?

Travis se tranquiliza durante un segundo o tres, se frota la frente con la palma de la mano y dice:

—¿Te ha llamado?

—No.

—Está bien, está bien, está bien, um, nos vemos pronto. Puedes conocer a Babus si consigo localizarla.

—Genial. Estaré allí en una hora.

Travis llama a Babus. Ella contesta y él, extasiado, dice:

—Estoy taaaan contento de que hayas contestado. ¿Has hecho algún plan?

—Es viernes por la noche. Estoy haciendo planes ahora.

—¿Qué planes?

—Voy a ir al Kardomah.

—Ah, donde nos conocimos. ¿Está bien si yo, Ahn y Bodie vamos?

—Sí, quiero verte.

—Tengo algo de anfetamina.

—¿Quieres venir a mi apartamento primero? No nos iremos hasta la medianoche por lo menos.

—Sí, sí, sí. Te veré en una hora, ¿bien?

—¿Qué ha pasado?

—No me pueden controlar.

—Ja, ja, ja. Ningún trabajo puede retenerte. Ni siquiera por dos noches.

—Tengo un trabajo. Soy un investigador privado.

—Farez me dijo, no espera, te lo diré cuando llegues.

—Nos vemos pronto.

Cuelga y le dice a Gavin:

—¿Está bien si me quedo en la oficina de atrás una hora hasta que llegue Ahn? ¿Conoces a Ahn?

—Sí, conozco a Ahn. Es hermosa, y siempre eres bienvenido, amigo. Bien o mal o lo que sea, amigo.

—Gracias, amigo.

CAPÍTULO VEINTISÉIS

Bodie, con sus 195 cm, entra en la recepción. Travis está en el sofá de vinilo marrón, barato y agrietado del vestíbulo, revisando Instagram. Levanta la vista, sonríe y dice:

—Bodie, me alegro de verte.

Se levanta y se abrazan durante unos segundos. Travis se aleja de él. Bodie tiene el pelo negro hasta los hombros, los ojos marrones como gotas de chocolate, es ancho de hombros, lleva vaqueros negros, una camiseta verde de manga larga debajo de una camiseta gris que dice Youth Revolution. Bodie tiene treinta años. Hace uno o dos días que no se afeita. Tiene unos pómulos por los que las modelos morirían.

—¿Qué tal el comercio del sexo? —dice Travis

—Oh, ya sabes, kinkies, pedos, heterosexuales, gays, trans, cualquier conocido, um, LGTBI, y glory holes todo ese tipo de mierda.

Travis se ríe a carcajadas, al igual que Gavin, que ha oído lo que ha dicho y ahora está en la recepción.

—Tú debes ser Bodie.

—Soy yo. He oído que tienes una buena anfetamina —dice Bodie.

—Vamos a pasar a la oficina de atrás —dice Gavin y sonríe.

—Se levanta la sesión —dice Travis.

Unos cuantos huéspedes entran y salen mientras Travis y Bodie están en la parte de atrás inhalando líneas. Gavin se ocupa de ellos lo mejor que puede, como siempre. Tiene una actitud increíble ante este trabajo. Descubre que si hace el mejor trabajo posible, lo disfruta más. Le estimula un poco, como a Travis le gustan los cuerpos raros, los bichos raros, pero también le gustan las familias que no están seguras de qué esperar de este motel barato en el corazón de la ciudad del pecado. Él es su guía espiritual que les aconseja sobre los viajes y desplazamientos desde Bondi a Newtown a Glebe y en el ferry a Manly, y que deben caminar por la calle Victoria a todos los cafés, y que no se preocupen por la seguridad; caminen con propósito a donde sea que vayan y vengan.

Las cosas han cambiado desde que trajeron a Ann y la masacraron. Hay cancelaciones por todas partes, pero sigue habiendo un flujo constante. Tiene trabajo extra ahora que Travis se ha ido.

Bodie se levanta.

—¿Dónde puedo orinar? —dice, y Gavin le indica el camino hacia el patio. Ahn llega llamando a la puerta después de que Gavin la cerrara a las 11 de la noche. Se levanta y, al ver que es Ahn, se apresura un poco más, abre el cerrojo y echa la puerta atrás.

—Gavin, hola, cuánto tiempo —dice Ahn.

Lleva un enterizo negro al estilo de Julie Newmar.

Gavin la abraza, lo que Ahn no espera. Ella tiene los brazos estirados a su lado, y como que gira y casi se tambalea después de que Gavin la suelta. Ella le sonríe y él dice:

—Sí, me alegro de verte. Estás increíble. —Gavin la mira

fijamente durante demasiado tiempo antes de darse cuenta, se da la vuelta y grita—: Es Ahn.

Travis tiene la cabeza sobre otra línea y resopla de inmediato. Ahn sale a la oficina de atrás. Travis la agarra y la besa en la boca, ella se aparta diciendo:

—Maldita sea, Travis.

—Estás increíble.

—Gracias. Guarda esas manos para ti esta noche si viene la famosa Babus. —Travis parece convenientemente reprendido. Ahn dice—: Llama a Andy Chui. Dile algo.

—No, no. Ya es demasiado tarde.

—Nunca es demasiado tarde, Travis.

—De acuerdo, de acuerdo, cuando lleguemos a la casa de Babus. Aquí es donde sucedió, Ahn. Donde defraudé a esa chica.

—Por favor, Travis, ahora no. Vamos a salir a pasarlo bien. Y sabes que tengo mis propias penas.

Bodie vuelve a entrar. Ahn sonríe y lo mira.

—Me alegro de verte, Bodie. Estás enorme como siempre.

Todos se ríen.

—Caramba, Gav, ojalá pudieras venir con nosotros —dice Travis.

—Sí, no se puede, pero tengan una gran noche. Encantado de conocerte, Bodie.

—Sí, lo mismo digo, Gavin. Ya sé dónde acudir si necesito algo.

—Por supuesto. Sólo llámame primero, a diferencia de Travis.

—Vamos —dice Travis—, a la noche.

Los tres caminan por detrás del mostrador de recepción y luego salen por el vestíbulo. Travis desbloquea la puerta, la abre de par en par y grita:

—Gracias, Gav, espero que sea una noche tranquila.

Se lanzan a la calle Darlinghurst, Ahn en el centro, Travis y Bodie a cada lado de ella, rodeando y casi atravesando a la gente. Van zigzagueando hasta que se encuentran a setenta metros de la calle Macleay, donde la multitud se ha reducido y pueden caminar a tres bandas por la acera, charlando y riendo. Llegan a su edificio y Travis les dice a ambos:

—Les va a encantar Babus.

Suben en el ascensor y llegan a la puerta principal.

Miles de escenarios diferentes listos para ser jugados por toda la gran ciudad.

CAPÍTULO VEINTISIETE

Babus abre la puerta y Travis se acerca a ella. Ella deja que la agarre, y él la levanta por debajo de los brazos, haciéndola girar. Ella grita de risa. Bodie se ríe, y Ahn mira un poco sorprendida. ¿Se pregunta si Travis está enamorado tan pronto? La deja en el suelo y le presenta a Bodie y Ahn. Los besa a ambos una vez en cada mejilla, y todos entran en la gran sala de estar.

Cuatro chicas están sentadas alrededor de la sala, cada una con una bebida en la mano. Una chica negra de aspecto llamativo. Una chica que parece tener unos treinta años y que tiene frenos en los dientes. Dos chicas delgadas de pelo castaño que son tan parecidas que deben ser hermanas. Babus presenta a todos los presentes y Bodie se dirige directamente a las dos hermanas de pelo castaño. Ahn se sienta junto a Babus en un sofá. Travis se sitúa en el centro de la habitación.

—Farez viene con unas doce personas. Ha pedido que le traigan alcohol. Está todo detrás de la barra, Travis. Sírvete tú mismo. Trae bebidas para tus amigos —dice Babus.

—No me importa ser el barman —dice Travis—. ¿Bodie? ¿Ahn?

—Cerveza para mí, de cualquier tipo —dice Bodie.

—¿Hay vodka? —pregunta Ahn.

—Todo —dice Babus—. Mi hermano ha enviado todo.

—Entonces un Vodka con coca cola —dice ella.

—¿Con coca cola? —pregunta Travis.

—Sí, con coca cola. Es mi nueva moda.

Travis prepara las bebidas pensando todo el tiempo en que Farez vendrá con «unas doce personas». No está en la mejor forma para impresionar a nadie. Se siente agotado, incluso con la anfetamina. Reparte las bebidas y luego agarra a Babus de la mano y la lleva a su dormitorio.

—Travis, tengo invitados, no podemos... —dice ella.

—Lo sé. Lo sé. Tengo algo de anfetamina. ¿Quieres un poco?

—Sí, quiero, pero si mi hermano te pregunta, nunca me acerco a las drogas químicas. Me refiero a anfetamina o coca o heroína o LSD o ácido o lo que sea, metanfetamina, lo que sea que esté de moda. Nunca las toco; sólo hierba y alcohol. Nada más. Si sabe que me das...

—Entiendo la idea. No tienes que educarme. Es decir. No, no, es bueno que me lo digas. ¿Debo cortar las líneas en el fregadero o...?

—Tengo un libro. Un pequeño libro negro.

Se dirige a una pequeña estantería. Es una Biblia católica.

—Normalmente no son negras, ¿verdad? —pregunta él.

—Esta lo es.

—Muy bien.

Él corta tres líneas.

—Dos para ti, una para mí porque ya he tomado algunas y... sí. Ya he tomado algunas.

Babus toma un billete de cincuenta de Travis y lo enrolla, inhala una línea, luego la segunda, y dice:

—Tengo que volver con mis chicas.

—De acuerdo, de acuerdo.

Travis se tumba en la cama y la biblia cae al suelo, pero no se molesta en recogerla. Se levanta sobre la cama. Se arrastra hasta la cabecera de la cama y retira el edredón negro, apoya la cabeza en la almohada y se oye respirar. Hace diez días, Ann murió. Encontró a los dos imbéciles que mataron a Billy. Conoció a Babus. Consiguió que el niño indígena jugara. Jugó para Randwick como siempre. Dejó tirado a Andy Chui, uno de los mayores operadores de Sydney. Se pregunta en qué está pensando Wicky. Habrían arrastrado a algún tipo para hacer su trabajo. ¿Por qué no llamó a Andy Chui? Como si no tuviera ya suficientes enemigos. Ahora Olsen y Chui serán... y cierra los ojos y se quita los zapatos. Si alguien debe estar realmente agotado, es Travis.

Diez minutos después, Babus vuelve a entrar en su dormitorio y lo ve dormido en la cama. Sabe lo que ha hecho estas dos semanas. Toma una manta del armario y la pone suavemente sobre él. Es un hombre guapo, piensa, lleno de vida. Quedó muy impresionada cuando lo vio jugar en Randwick. Cargó al equipo ese día, incluso ella, que no sabía nada del juego, pudo verlo. Toma un recogedor y un cepillo de la cocina cuando Farez llama al timbre, con todo su séquito de pie detrás de él. Limpia la anfetamina y vacía el contenido en la basura y vuelve a colocar la Biblia en la estantería.

Bodie intenta abrir la puerta principal, pero está cerrada con llave. Babus sale corriendo del dormitorio y abre rápidamente la puerta principal, y Farez está allí de pie, y ella le agarra de la mano y le dice:

—Entra, entra.

Él la abraza, ella le besa en la comisura de los labios y los demás entran en fila, y Farez dice:

—Hay demasiada gente para las presentaciones. Relájense todos, encuentren a alguien que les guste, hablen con él, sean felices. Todas las bebidas están detrás de la barra. Dima, ¿puedes ocuparte del bar durante una hora para que todo comience?

Dima va detrás de la barra, y los recién llegados se mueven hacia allí, y Farez le dice a Babus:

—¿Dónde está? ¿Dónde está Travis?

CAPÍTULO VEINTIOCHO

Travis se despierta a la mañana siguiente sin saber dónde está. Se toma un tiempo, se queda quieto, pero abre ligeramente los ojos. Poco a poco se acostumbra a la luz tenue. Está durmiendo en una cama, con una manta encima. Mira a su izquierda. Babus está dormida bajo las sábanas. El edredón está recogido hasta su barbilla. Quita la manta y se sienta. ¿Qué hora es? Hoy tengo que jugar, piensa. Ve su teléfono en el suelo a sus pies. Lo toma. Las 10 de la mañana. Muy bien, el partido es hoy a mediodía. Tiene tiempo para ir a casa, cambiarse y comer algo.

Se levanta. Decide dejar dormir a Babus. Se pregunta qué pasó anoche. Esa anfetamina apenas le afectó. Diez días de mierda me noquearon, piensa. Es mucha mierda también. Ahora, tiene que lidiar con Andy Chui. Lo llamará después del partido. No quiere alterar su estado de ánimo con una llamada negativa.

Se pasea por la sala de estar. Ve a Ahn dormida en uno de los sofás grandes, mira a su alrededor buscando a Bodie, que no aparece por ninguna parte. No hay nadie más, al menos en el salón. Regresa por el pasillo hasta el segundo dormitorio, llama a la puerta y entra lentamente. La cama está vacía. Bodie se fue a casa. Pone suavemente la mano en el hombro de Ahn. Está completamente vestida, con una manta atrapada bajo la cintura. No se mueve. Él la mece suavemente, y sus ojos se abren, y ella parpadea un par de veces, y Travis sonríe, recuerda haberse enamorado de ella. Está increíble en su enterizo, con la cabeza afeitada, las cejas oscuras, los hermosos ojos negros. Se inclina y la besa en la mejilla.

—Hola —dice ella—, ¿cómo estás? Me preocupaba que te hubieras desmayado de esa manera. No es...

—No es normal. No para mí.

—Sí.

—Me siento muy bien, pero voy a jugar hoy. ¿Quieres que te lleve a casa ahora, tal vez ir a Maccas en el Cross primero? ¿Tienes hambre, cariño?

—¿Ahora soy tu cariño otra vez?

—Vamos. Dos hamburguesas con queso, patatas fritas grandes para cada uno, un gran batido de chocolate para cada uno, un pastel de manzana o dos. No más resaca.

—De acuerdo. Suena muy bien. Estoy cansada de estar triste, Travis. Echo mucho de menos a Billy. Farez dijo que me llamaría el lunes. Organizar una reunión. Explicar todo.

—¿Puedo sugerir que lleves a Angelo contigo y que llames primero a tu padre y a tu jefe? Mira si tienen algún conocimiento de este tipo que puedas usar como ventaja en las discusiones sobre el club nocturno, asegúrate de que no te está estafando, revisa los papeles de Billy en tu casa, y quiero decir que sí lo hagas bien. Intenta encontrar algún tipo de certificado de propiedad. Pregúntale al gerente que quiere a Billy. Intenta entrar en la caja fuerte del club nocturno, y me refiero a pedirle a Angelo que consiga a alguien para que entre. Lo digo en serio.

—Whoa, ¿podrías escribir esto para mí?

—Les enviaré a ti y a Angelo un correo electrónico cuando llegue a casa. Debería haberle contado todo esto, pero tenía que esperar a ver qué hacía Farez. No soporto escribir mensajes largos en el teléfono, así que espera el correo electrónico. Ahora, vamos a comer.

—Oh, sí, Travis. Un batido de chocolate espeso con un dolor de cabeza por congelación pronto.

Los dos se ríen.

Ahn se levanta. Travis encuentra las llaves de la puerta principal en un cuenco de colores brillantes sobre la mesa de centro grande y plana de madera. Las agita en sus manos. Se dirigen a la puerta; él la abre con las llaves. Se cierra cuando tira de ella desde fuera. Lanza las llaves apuntando al cuenco, falla y se estrellan contra un vaso que cae al suelo. Ambos se ríen el uno del otro y se van.

Ahn recibe unas cuantas miradas lascivas con su enterizo en Maccas. Travis compra una tercera hamburguesa con queso para llevársela en el viaje. Conducen por la carretera New South Head, pasando por la bahía de Rushcutters. El embarcadero es visible y está lleno de barcos a su izquierda mientras conducen más allá del parque y ahora a través de Edgecliff. Travis gira a la derecha para entrar en la calle Ocean y se acuerda del joven indígena y lo llama mientras conduce con una mano.

—Hola —responde el chico.

—Paul. Es Travis.

—Hola.

—¿Has entrenado? ¿Tuviste un partido ayer? ¿Te eligieron?

—Ja, ja, ja. Todas las preguntas, futbolista.

—Bueno, ¿lo hiciste?

—El entrenamiento fue bueno. Me gusta la gente de allí. No es una mierda. No, haz esto, haz aquello. Tengo un juego, empecé con el intercambio.

—¿Y?

—Metí unos cuantos goles, y luego me dieron una oportunidad en el centro del campo. Lo hice bien. Pero aún no estoy lo suficientemente en forma.

—¡Metiste algunos goles! ¿Estás bromeando?

—No, hermano. Metí algunos goles. Uno desde un ángulo agudo. Impresioné al entrenador, ja, ja, ja.

—¿Puedes venir al partido de los mayores hoy? ¿Necesitas que te lleven?

—Sí, sí, estaría bien. Todavía estoy en el mismo sitio. Llámame cuando estés abajo.

El chico cuelga.

Algo positivo, piensa Travis. Por fin.

———

Deja a Ahn. Abre la puerta de su departamento con un pequeño aumento de los latidos del corazón y la temperatura de la sangre. Andy Chui diciendo, *sé dónde vives*. Olsen enviando policías corruptos para golpearlo. Nada. Ninguna sorpresa. Se ducha y se pone unos vaqueros y una camiseta negra suelta que tiene escrito *Los Ángeles* en azul. Se pone las botas negras del desierto. Guarda su equipo de fútbol en una bolsa azul de Adidas. Saca su portátil y envía los correos electrónicos a Ahn y Angelo, exhala e inhala y exhala unas cuantas veces más. Hoy fútbol. En el campo es el único lugar donde tiene un control total.

Llama a Paul desde fuera de la casa ocupada en Darlinghurst. Sale por la oxidada puerta delantera, con una sonrisa en la cara. Eso hace que Travis también sonría. Quizá este chico pueda hacer cosas más grandes, piensa. Tiene qué, dieciséis años, pero primero tiene que verlo jugar. Se está dejando llevar.

Paul sube al asiento delantero y Travis le tiende la mano.

—Tres goles en el debut; lo estás haciendo bien. ¿Tienes botas y equipo de entrenamiento y...?

—El jefe del club me consiguió botas y equipo —dice, y Travis ve en el momento, oye en su voz, algo de emoción, como si su voz fuera a quebrarse, pero no lo hace. Sonríe y dice—: Gracias, futbolista. Estoy deseando verte jugar, aprender algunos trucos del gubba.

Travis sale rápido y pone una cinta en la antigua pletina. Bob Seger empieza a cantar Hollywood Nights y le sube el volumen. Su padre solía ponerla a todo volumen por la noche cuando llegaba a casa, cuando su madre aún vivía con ellos. Tenía recuerdos contradictorios, pero le encantaba la canción. Debe llamar a su padre.

———

Travis juega los dos primeros cuartos en el centro del campo, pero Randwick va perdiendo por tres goles en el descanso. El entrenador desplaza a Travis hacia adelante, en profundidad, para que alguien tenga que enfrentarse a él en un uno contra uno, lo que supone una victoria para Randwick. Nadie puede ir con él. El entrenador lo sustituye en el centro del campo por un joven de la banda de medio campo. Es la fabricación del joven jugador. Gana muchos balones disputados y los envía en profundidad a Travis, que marca cinco goles en la segunda parte, y Randwick vuelve a ganar. Paul observa, tomando notas mentales. Algún día podría jugar en los mayores, pero por ahora es feliz.

Travis deja a Paul en su casa y da media vuelta, se dirige a la calle Oxford y gira a la izquierda hacia Bondi. Conduce rápidamente pensando en su conversación con Ahn esa mañana. ¿Había hablado en voz alta? ¿Había hablado Ahn en voz alta? Esperaba que Babus no le hubiera oído hablar de las tácticas para enfrentarse a Farez. Llega a casa, entra por la puerta e inmediatamente suena su teléfono móvil. Ve el identificador de llamadas. Es Ahn, y contesta:

—¿Qué pasa? Yo...

—Hola, cariño.

—Hola, suenas, um, un...

—Un poco frustrada, sí, cariño. Me gustó cuando me llamaste así esta mañana. ¿Puedes venir?

—Estaré allí en media hora.

CAPÍTULO VEINTINUEVE

TRAVIS LLEGA A CASA A LAS 8 DE LA MAÑANA. AHN SE apresuró a ir a trabajar y tuvo que marcharse. Hizo una breve parada en el supermercado de camino a casa. Toma un bol blanco de la alacena. Echa una docena de frambuesas. Le gusta el rojo en el bol blanco. Estoy loco, piensa. Abre el yogurt griego y echa seis cucharadas del yogurt griego más espeso en el bol, abre el Weet-Bix y aplasta dos en el yogur y las frambuesas. Pone las noticias y ve el resumen deportivo, que es lo que esperaba. Piensa en Babus y en lo imbécil que él es. Pero tal vez ya esté harto de él. Lo duda. Tienen una química rara. No puede decir que no a Ahn, sabe que tendrá que hacerlo, pero ella es tan deliciosamente mala en la cama.

Llaman a la puerta. Qué mierda es esto, piensa a las 8:30. Se levanta y abre la puerta principal. Andy Chui está allí de pie con un traje negro, camisa blanca y una fina corbata negra. El traje parece caro, y Travis dice «Buenos días», y entonces no puede respirar. Otro ataque. Levanta la mano y Chui le observa incrédulo mientras se arrodilla y trata de recuperar el aliento.

—Travis, ¿estás bien? Qué demonios. Abre la puerta. Abre la puerta —dice Chui.

Travis se levanta y traga aire buscando un respiro. No lo consigue, se pone de nuevo en cuclillas, se pasa la mano por el pecho y, despacio, despacio, le entra aire en los pulmones. Chui lo mira como si estuviera loco. Ahora tiene la palma de la mano apoyada en la puerta de malla metálica mientras se levanta.

—Otra vez no, mierda, otra vez no —dice, y entonces puede respirar un poco mejor, y abre la puerta, le hace un gesto a Andy Chui para que entre, y él sigue con la palma de la mano en alto, queriendo decir, espera, espera. Y Chui espera y Travis vuelve casi a la normalidad y dice—: Tengo estos ataques de vez en cuando. Ansiedad. Probablemente sea mejor que no trabaje más para ti.

—Chui se endereza, lo mira a los ojos y le dice:

—Me lo debes.

—No puedo hacer ese tipo de trabajo. Los imbéciles me miran como si no fuera nada mientras ponen 100 dólares en el bolsillo superior del traje que me compraste.

—Trajes.

—Oh, sí, trajes.

—Puedes quedártelos. Son hechos a medida, no le quedarán a nadie más.

—Te lo agradezco, pero dudo que me los vuelva a poner.

—Quiero que vayas a Melbourne por mí.

—¿Qué?

——Dos vietnamitas me robaron trescientos mil. Era dinero de la droga.

—¿Y?

—Son tipos de Melbourne. No tengo ninguna influencia en Melbourne. Sydney es mi lugar. Tú conoces Melbourne.

—Solía conocer Melbourne.

—Conoces Melbourne; el Melbourne que trata con drogas y crímenes y...

—Oye, oye, yo...

—Sé lo que pasó. Lo que canceló tu billete para el gran momento. Sé lo de tu padre. Lo que hizo. Cómo era antes de dejar la bebida y las drogas.

Travis no responde. Esta es su oportunidad, y Chui le va a pagar por ello.

—¿Travis?

—Lo haré. ¿Tienes alguna otra información sobre estos tipos?

—Angelo te enviará por correo electrónico fotos y sus nombres, todo lo que sabemos de ellos. Tratos anteriores. Tienes que irte hoy. Vuela, no conduzcas. Tendré un coche de alquiler para ti en Tullamarine. En la oficina de Hertz.

—¿Cuánto es mi parte?

—Veinte mil.

—Hmmm.

—¿Crees que 300 mil es mucho dinero? No lo es. No es nada. No podrías comprar un pequeño departamento en Bondi con eso, ni siquiera un pequeño y mugriento estudio. Nada. No puede cambiar tu vida, no es suficiente para eso. Mi consejo es que tratarán de comprar drogas. Lo más probable es que sea metanfetamina, para traficar, entonces puede cambiar sus vidas. Pueden ganar diez veces esos 300 mil. Más si son inteligentes. Sé que tienes amigos vietnamitas a través de Ahn y su padre, y conoces a gente en el tráfico de drogas.

—Vas a reservar un vuelo o...

—Estás en el vuelo de las 2:30 a Melbourne. Tiger Airways. Asiento 1 A.

—Precioso.

—Angelo probablemente ya te ha enviado ese correo electrónico. Te enviará el pase de abordar. Cuando hayas hecho lo que te pido y quieras volver, envíale un correo electrónico a Angelo de nuevo. Él reservará un vuelo. Pero debes encontrar ese dinero. No puedo permitir que esta gente me robe. Es malo para el negocio y para mi reputación.

—Siento haberte decepcionado, yo...

—No te importa mucho nadie, pero podría ser útil buscar a esos hombres. No tienes miedo de nada, pero será mejor que busques ayuda para esos ataques de pánico. En tu juego, podría costarte la vida.

Me asusto, piensa Travis, sólo que no lo demuestro.

—Será mejor que haga la maleta, supongo.

—No me falles, Travis.

—No.

Chui le entrega un sobre.

—Tus gastos de viaje. No es parte de los veinte mil, por cierto.

—Gracias.

—Me voy.

—Bien.

Chui se da la vuelta y vuelve a salir por la puerta, y Travis lo sigue y cierra la puerta alambrada tras él, cierra la puerta principal, la cierra con llave.

Va a buscar a Katya y a Perry. Y se lo entregan.

Llama a Olsen.

—Hola.

—Voy a Melbourne. Voy a encontrar al travesti y a la prostituta.

—No antes de tiempo. Pero no puedo ayudarte.

Olsen cuelga.

Travis llama a Ahn.

—Voy a Melbourne más tarde hoy. Me han contratado para encontrar a algunas personas.

—¿A quién?

—Probablemente sea mejor que no lo sepas. Voy a ver a viejos amigos de ambos del tráfico de drogas y...

—No, Travis, no lo hagas. Piensa en esto.

—Está bien. Sé lo que estoy haciendo.

—¿Qué hay de anoche?

—¿Y lo de dejarme por Billy hace dos años?

—Ouch.

—No creo que sientas nada.

—Sabes que eso no es cierto. No vuelvas atrás, Travis. Mira hacia adelante.

—No se puede evitar.

—Aléjate de mi hermana, por favor.

—No puedo prometer eso.

Cuelga.

¿Qué pasa con anoche? Dios mío. Ella me vuelve loco, piensa.

Ahora.

Su padre.

—Hola.

—Papá.

—Hijo, ¿cómo estás? Veo que tuviste una buena victoria ayer. ¿Oí que jugaste de delantero?

—Sí, el entrenador tomó la decisión de hacerlo, y funcionó de maravilla. Me gusta meter goles.

—Ja, ja. Ya lo sé. ¿Por qué la llamada?

—Voy a ir a Melbourne esta tarde, llego a las cuatro.

—¿Para qué?

—Tengo un trabajo para encontrar algunas personas.

—¿No podían usar a los locales? Piénsalo, Travis. ¿Por qué no?

—El tipo no tiene contactos y...

—En estos tiempos, sin contactos, piénsalo, hijo. Podrías ser prescindible.

—¿Puedes recogerme en el estacionamiento de la terminal cuatro?

—Claro, claro, será bueno verte, hijo.

—Me quedaré una noche y luego buscaré un motel, por si acaso.

—Por si acaso. De acuerdo. Nos vemos a las cuatro.

—Gracias, papá.

—Cuando quieras, lo que sea, hijo.

Travis cuelga. No siempre había sido así con su padre.

Llama a la oficina de alquiler de coches del aeropuerto; dice que recogerá el coche en la oficina de la ciudad.

Babus puede esperar.

Llama a su entrenador en Randwick. Dos semanas como máximo, le dice. El entrenador se enfada.

Recoge su equipo.

¿Debería ver a alguien por estos ataques de pánico? Los ha tenido raramente, pero se han intensificado desde que Ann murió en el motel. Tal vez se detengan ahora que va a encontrar al tipo que la mató.

Sale a correr, una larga carrera. Le despeja la cabeza. Vuelve y revisa sus maletas, que lo tiene todo. Pide un Uber. En el aeropuerto, todo va bien. Se sienta en el 1A y respira aliviado. No compra nada de comida ni de bebida en el vuelo de la aerolínea de descuento. Aterriza a tiempo y es el primero en salir por la puerta y caminar rápidamente. Sólo lleva equipaje de mano. Llega al punto de recogida y su padre hace sonar el claxon de su Volvo, Travis sonríe, camina rápidamente hacia el coche, el maletero se abre, mete sus dos mochilas, se mete por la puerta del copiloto, su padre se acerca y lo besa en la mejilla, Travis abraza a su padre y le dice:

—Me alegro de verte, papá. Te echo de menos. Ya lo sabes.

—Ahora estás aquí. Hay que trabajar, pero esta noche nos

relajaremos. Una buena cena. Una noche tranquila. Te acomodarás para este trabajo tuyo.

—Sí. Tengo hambre ahora, pero puedo esperar.

—No estoy seguro de si cocinaré, tal vez consiga algo de comida tailandesa para llevar. ¿Qué te parece? Conozco un buen sitio cerca.

—Genial, papá, y tú, ¿cómo estás?

Su padre se aparta de la acera y conduce lentamente fuera del aeropuerto y se mete en la autopista antes de responder.

—Estoy bien, hijo. Mejor que nunca.

CAPÍTULO TREINTA

TRAVIS SE REGISTRA EN UN MOTEL DE SESENTA DÓLARES por noche en Abbotsford. Es viejo, y la habitación huele a un reciente chorro de aromatizador y a naftalina. Hay una colcha de colores metida en la cama, un televisor y un refrigerador pequeño, una mesa y una silla, un pequeño sofá, como en un millón de moteles de todo el mundo. Entra en el baño. La cabeza de la ducha es del tamaño de un disco volador. Una cosa buena de estos viejos lugares; la excelente presión del agua y la combinación de la gran cabeza son muy bienvenidas.

Ha quedado con Johnny Tran en un salón de masajes situado en una pequeña calle lateral de la calle Victoria. Llama a Babus y ella responde:

—Travis, hola.

—Hola, cariño.

—¿Dónde estás? Te fuiste ayer por la mañana a toda prisa.

—Estoy en Melbourne. Estoy en un caso de investigador privado.

—Melbourne. ¿Quién te contrató?

—Un tipo del que nunca he oído hablar. Su hermana ha desaparecido.

—No es demasiado tarde esta vez, espero.

—No. Siento haberme dormido la otra noche. Estaba agotado.

—Has estado viviendo muy rápido.

—Supongo.

—¿Cuándo vas a volver?

—En dos semanas, como mucho.

—Llámame a menudo.

—Lo haré. Me tengo que ir; tengo que encontrar a esta chica.

—Sé amable con ella cuando la encuentres.

—Siempre.

Cuelga.

Eso está hecho.

Llama a Katya.

No contesta.

Lleva su portátil al coche. Recoge el coche que Chui reservó para el aeropuerto en una oficina de la calle Elizabeth. Es un pequeño Hyundai I30. Rápido, limpio, fiable. Se sube al coche y recorre la corta distancia hasta el salón de masajes.

No hay marcas que indiquen que se trata de un salón de masajes, pero cuando entra está débilmente iluminado por un par de pequeñas lámparas naranjas. Hay un sofá de vinilo morado vacío, y el olor le golpea. Talco, aceite de bebé, olor corporal, fluidos masculinos.

Una hermosa chica vietnamita en el mostrador y un cartel a su lado que tiene los costes establecidos. Entre ellos, 60 dólares por media hora y, sin duda, algún dinero extra por servicios adicionales. Travis sonríe a la chica y le dice:

—Vengo a ver a Johnny Tran. Me llamo Travis.

Ella le devuelve la sonrisa, sin decir nada, pero toma un

teléfono, pulsa unos botones y le vuelve a sonreír. Alguien contesta al otro lado y habla en vietnamita. Él conoce algunas palabras aquí y allá, pero ella habla rápido y Travis no entiende nada. Cuelga el teléfono y dice:

—Johnny dice que está ocupado durante treinta minutos. ¿Por qué no te das un masaje, por cuenta de la casa?

—No, no creo que haga eso. —No quiere desnudarse cerca de Johnny Tran, con todas sus defensas bajas—. Daré un paseo, tomaré un café y volveré en treinta minutos, ¿de acuerdo?

—De acuerdo, señor. Se lo digo a Johnny.

Travis sale.

Se pasea por la calle Victoria, fumando. Se sienta en un banco y enciende los datos de su teléfono inteligente. Mira las noticias en iView. Olsen ha sido detenido, suspendido y acusado de corrupción, pero está en libertad bajo fianza. Travis no sabe qué pensar. Olsen parecía un hombre recto, pero recuerda, que manda tipos a golpear a la gente.

Vuelve a leer el correo electrónico de Angelo. Los tipos vietnamitas son Binh Le y Duc Phan. Solían vivir en viviendas públicas, detrás de la calle Victoria, en Richmond. Va a ser difícil encontrarlos. Johnny parece su única esperanza. La hermana de Ahn podría ayudar. Fue una adicta a la metanfetamina durante unos años hasta que su padre la secuestró y la metió en rehabilitación. Ella y Ahn ya no se hablan y Ahn podría no volver a hablar con él si se involucra con ella.

Vuelve a la sala de masajes y la chica sonríe al verlo. Un tipo caucásico está sentado en el sofá morado. Un tipo grande con el pelo rubio cortado a tazón, como un niño gigante de diez años. Travis asiente, el tipo sonríe. La chica dice:

—Sube las escaleras, primer piso, la puerta justo al final del pasillo. Te está esperando.

Travis sube las escaleras, recorre el estrecho pasillo con

puertas numeradas a lo largo del mismo y llama a la puerta del final del pasillo.

—Entra —dice la voz, y Travis sonríe al reconocerla, abre la puerta y entra.

Dentro de la puerta, dos tipos lo agarran por los brazos a ambos lados. Lucha, pero lo sujetan con fuerza. Son chicos vietnamitas, pequeños y fuertes. Johnny se sienta detrás de un escritorio y sonríe.

—Tienes poca memoria, Travis.

—Eso quiere decir.

—¿Olvidaste que el padre de Ahn te odia a muerte?

—Pero tú no trabajas para...

—Las alianzas cambian, amigo mío. No hiciste tu investigación.

—Necesito encontrar a dos tipos. Eso es todo. Nada más. Dime dónde puedo encontrarlos. El padre de Ahn no necesita saberlo.

—Él ya lo sabe. Yo también.

Johnny asiente con la cabeza al tipo que está a la derecha de Travis. El hombre golpea con su puño derecho la cara de Travis. Su cabeza se echa hacia atrás. Exhala con un «mierda». El hombre lo golpea una y otra vez en la cara, y Travis se desploma. El otro hombre lo sostiene. El primer hombre golpea con fuerza en medio de la frente con el codo. Travis se tambalea, como si fuera a caer. El tipo lo golpea dos veces en el estómago, con fuerza. Se queda sin aliento, y el otro tipo lo deja caer al suelo, y el primer hombre le da una patada en la boca. Travis saborea la sangre, mucha.

—Suficiente —dice Johnny Tran—. ¿Has tenido suficiente, Travis?

Travis no dice nada, se queda quieto, hecho un ovillo para protegerse. Todavía no hay más golpes.

Johnny Tran se levanta de detrás del escritorio y se acerca a Travis, se inclina y le dice:

—Relájate, Travis, se acabó. Vete a casa ahora, súbete a un avión y no vuelvas.

Travis se pone de rodillas. Johnny se agacha justo en su cara. Travis sonríe y le da un cabezazo en la frente, le agarra del pelo y le vuelve a dar un cabezazo en el ojo derecho. Johnny intenta zafarse del agarre de Travis de su pelo. Travis lo sujeta con fuerza, le arranca el pelo y pierde el agarre. Los dos hombres y Johnny le lanzan una lluvia de golpes desde todos los ángulos. Luego los tres empiezan a darle patadas desde todos los ángulos. Travis vuelve a hacerse un ovillo en el suelo y piensa, tendré mi oportunidad, cabrón, no olvidarás este día. Johnny Tran mana sangre de los dos golpes, y su cabeza grita de dolor por el pelo arrancado. Si fuera cualquier otro, lo mataría. Pero Travis es conocido; se le echará de menos. Detienen la paliza y lo dejan en el suelo. Johnny les dice a los dos hombres que se vayan.

Cinco minutos después, el tipo rubio de la entrada entra en la habitación y recoge a Travis. Le revisa todos los bolsillos. Saca las llaves del coche y sacude a Travis, que dice:

—Entiendo el mensaje. Entiendo el mensaje.

El grandulón le ayuda a recorrer el pasillo, a bajar las escaleras. A Travis le duele todo el cuerpo. El grandulón lo lleva hasta su coche en la parte delantera. Abre la puerta trasera. Pone a Travis contra el coche.

—Esto era una advertencia. Si vuelves, te mataré a golpes.

—Vete a la mierda —dice Travis y sonríe.

El grandulón rubio lo golpea fuertemente en la cara y un par de dientes salen volando, y Travis se derrumba, pero el hombre lo sostiene, luego lo dobla en el asiento trasero. Cierra la puerta de golpe. Abre la puerta delantera. Pone las llaves en el contacto, dice:

—Adiós, perdedor. —Y vuelve a entrar.

Travis se despierta horas después con todo el cuerpo dolorido.

El sol le atraviesa los ojos. Intenta incorporarse, pero se tumba porque le duele mucho. Sabe dónde está. Se acuerda. Quiere salir de allí cuanto antes. Consigue incorporarse. Se mira la cara por el espejo retrovisor, abre la boca para ver dónde se le han caído dos dientes. Uno en la fila inferior, el otro a unos cuantos dientes en la parte superior izquierda. Genial. Puede ver un moretón de color púrpura oscuro en su frente que se hace más grande a cada segundo. Empuja la puerta trasera para abrirla. Abre la puerta delantera agachado y se abre paso hasta el coche. Las llaves están en el contacto. Qué listos.

Arranca el motor y se aleja lentamente de la acera, con todos los músculos del cuerpo doloridos. Johnny Tran trabajando para o con el padre de Ahn. No lo vio venir. Vuelve al motel, se estaciona delante de su habitación y sale con dificultad del coche y entra en la habitación. Se examina más detenidamente en el espejo del baño. Los dientes que le faltan le hacen parecer un perdedor que no puede permitirse un dentista. El hematoma sigue extendiéndose por su frente, un par de rasguños bajo el ojo derecho y algunos moratones bajo el ojo izquierdo. Le duele el cuerpo. Llama a un dentista de Collingwood y dice que es una emergencia. Le dan cita para mañana a las 10 de la mañana. Pueden ponerle coronas provisionales mientras miden las nuevas.

Travis mueve la silla de debajo del escritorio hasta debajo de la puerta principal. Desliza el escritorio y el viejo sofá justo detrás de él. Si alguien viene por él, lo sabrá. Tiene que conseguir una pistola, piensa. Se quita los zapatos de una patada y se tumba suavemente en la cama. El tipo rubio con el corte de tazón. Los dos tipos vietnamitas y el viejo Johnny Tran le dan una paliza. Consiguió darle un par de cabezazos decentes a Johnny. Sonríe, todavía en el juego, Travis. Todavía en el juego. Encuentra unos somníferos en su bolsa y se los toma con agua y cierra los ojos.

LLEGAR HASTA EL FINAL

le dan una paliza. Consiguió darle un par de cabezazos decentes a Johnny. Sonríe, todavía en el juego, Travis. Todavía en el juego. Encuentra unos somníferos en su bolsa y se los toma con agua y cierra los ojos.

153

CAPÍTULO TREINTA Y UNO

MIENTRAS TRAVIS INTENTA DORMIR, PERRY ESTÁ SENTADO en el Airbnb de Preston, fumando. Katya está en la ducha. Perry y Katya no han estado de fiesta, pero Perry ha encontrado un chico en una aplicación de citas. Más bien una aplicación tipo Tinder, pero que se llama de otra manera. Ha quedado con el chico en un par de horas en su casa.

Su teléfono suena. Es un número privado, pero contesta y Dylan le dice:

—Me voy a quedar otra noche en Sydney. Tengo que ocuparme de algo importante.

—Katya y yo estamos en Preston.

—Lo sé, me lo dijiste. Le hablaste al chico de mí, ¿verdad?

—¿Qué chico?

Un tiempo.

Dos tiempos.

—¿Te refieres al chico de color? —dice Perry.

—¿A quién más?

—No, no le he dicho nada. Ese chico está bien. No puede hacer nada.

—Travis ha estado cuidando de él. Lo conoce desde hace tiempo, pero de repente empieza a llevarlo a los partidos de fútbol, a recogerlo, a dejarlo.

—No sé nada de...

—Sí lo sabes. Te lo estoy diciendo.

—Yo... no lo sé.

—Travis también está en Melbourne.

—¿Qué?

—Está allí, está en Melbourne. Lo he seguido hasta el aeropuerto.

—Oh, mierda.

—Te llamaré de nuevo cuando llegue a Melbourne. Mantén a Katya callada también.

—Sí, sí, lo haré.

Perry empieza a salir para encontrarse con su cita mientras Katya sale del baño.

—Travis está en Melbourne —dice Perry

—¿Cómo lo sabes?

—Simplemente lo sé.

—Oh.

—No le digas nada a nadie sobre la llegada de Dylan. Ni a tu novio, ni a Travis, ni a nadie, ¿entiendes?

—Sí, lo entiendo, pero si él no hizo eso a...

—Guarda silencio, cariño. Perry se está encargando de todo, de acuerdo. Mira Netflix, fuma un poco de marihuana, ¿de acuerdo?

—De acuerdo.

Perry se va, Katya llama a Travis, pero su teléfono no suena. Lo intenta otras tres veces con el mismo resultado. No deja ningún mensaje; él sabrá que ha llamado desde el número de teléfono. Sabe que Dylan está relacionado con la muerte de Ann. Puede que no lo haya hecho, pero está involucrado. Los policías la crucificarán si se enteran. Necesita aplacar a Travis.

Sabe que no se detendrá si cree que ella sabe lo que pasó o que
Dylan viene aquí a Melbourne.

CAPÍTULO TREINTA Y DOS

TRAVIS SE DESPIERTA EN MITAD DE LA NOCHE, CON EL cuerpo dolorido. Desliza las piernas de la cama al suelo y se levanta un poco inseguro. La frente le duele más que cualquier golpe que le haya dado el fútbol. Revisa su teléfono móvil. Las 4:30 de la mañana. Es mejor que se ponga bajo la cabeza de la ducha de disco volador. Primero revisa su cara. El hematoma va a ser evidente para el dentista o para cualquiera que lo mire. Comprará una gorra. No llamará a la hermana de Ahn por si dice que no. Irá a su casa. Ella vive en Belgrave, en la cordillera de Dandenong, a una hora y media de Abbotsford. Se ducha durante veinte minutos con agua caliente. Se siente ligeramente mejor. Ese maldito Johnny. Todavía no puede superarlo. Se alió con el padre de Ahn, pero hizo ver que conoce a los tipos que robaron el dinero. Estúpidamente lo dejó claro. Pero obviamente, no sabe dónde están.

Llena la antigua tetera con agua, la enchufa y la enciende. Encuentra los sobres de café Nescafé suministrados por el motel, abre dos sobres y los vierte en una pequeña taza. Hay leche uperizada en pequeños envases. La tetera hierve. Llena la taza hasta la mitad, pone un par de pequeñas gotas de leche. Es como el barro. Enciende un cigarrillo, da un sorbo al café fuerte y amargo, y empieza a sentirse de nuevo como él mismo, aunque con dolores y molestias que tardarán días, quizá más, en desaparecer. El nombre del padre de Ahn es Chi Dang. Ahn le dijo que Chi significaba hombre con propósito. Sin duda, él es eso.

Vuelve a revisar su teléfono. Katya llamó tres veces ayer por la tarde mientras él dormía. Tiene que tener cuidado ahora. Está cerca. Primero el dentista, luego la hermana de Ahn. Se arriesga y llama a Katya. Son las 5 de la mañana. Ella responde. Perry todavía está en su cita.

—Travis.

—Hola Katya, me alegro de oír tu voz. ¿Cómo estás?

—Quiero volver a Sydney. Quiero hacer lo que estaba haciendo antes de que pasara todo esto.

—¿Todo qué?

—Ya sabes, la pobre Ann.

—¿Está Perry allí?

—No, se fue a una cita de Tinder o algo así.

—¿Ha hablado de lo que pasó? ¿Quién era el tipo que estaba con Ann?

—No puedo hablar de...

—Esa chica murió en mi puta guardia. Tú me la enviaste. Ahora, ¿quién carajo es este tipo? ¿Dónde puedo encontrarlo? Dímelo ahora, por el amor de Dios.

—Va a venir. Perry dice que va a venir.

—¿Cuál es su nombre?

—No puedo, Travis. No puedo. —Empieza a llorar.

—Sí puedes. Piensa en Ann. Vi su cuerpo; estaba cortada de pies a cabeza. Cortada en pedazos con un...

—Dylan. Su nombre es Dylan. Eso es todo lo que sé.

—No puedo verte, Katya, no sería inteligente ahora, pero dime dónde estás.

—No puedo.

—Sí puedes.

Cuelga.

Travis espera hasta las 7 de la mañana y llama a Olsen.

—Señor Whyte. ¿Y ahora qué?

—El nombre del asesino es Dylan.

—¿Has visto las noticias?

—Sí, sé que estás suspendido, pero ese es su nombre. ¿No puedes hacer que tus chicos lo busquen en una base de datos o algo así?

—¿Has estado viendo Misión Imposible, Travis?

—Conseguiré su apellido, de acuerdo. Si consigo su nombre, ¿me ayudarás?

—Si consigues su nombre completo, sí, puedo ayudar.

—Gracias.

Olsen cuelga.

Llama a Katya. Ella no contesta. Le deja un mensaje rogándole que le devuelva la llamada.

———

Travis recibe las coronas temporales. El dentista no le preguntó cómo había sucedido. Sí le dijo que pasaría una semana hasta que las coronas permanentes estuvieran listas. Qué se le va a hacer, piensa. Sube a su coche y llama a Katya de nuevo.

Contiene la respiración.

Ella responde.

—¿Dónde estás, Katya?

—Preston.

—Preston. ¿De quién fue la idea? No importa. ¿En qué parte de Preston?

Ella le da la dirección.

—Buena chica, Katya. Buena chica. Voy a sacarte de esto.

—¿Qué vas a hacer?

—No lo sé exactamente, todavía. Pero no te muevas. No le digas a Perry que...

—Él sabe que estás aquí. Me lo dijo ayer. Me dijo que no...

La línea se corta, estática, luego nada.

¿La oyó Perry? ¿La oyó hablar con él? Mierda.

¿Va a ir allí ahora? No. El tal Dylan aún no está allí. Perry no dejaría entrar a Travis. Incluso podría atacarlo. Lo recibiría con agrado; le daría una paliza. Maldito malvado.

Se compra una gorra negra en una tienda de 2 dólares en la calle Victoria, se la pone en la cabeza, se sube al Hyundai casi nuevo, pone la emisora de radio deportiva SEN, escucha a Whatley hablando de la Liga de Fútbol Australiana. Whatley le molesta. Cree que el deporte debería practicarse como en un idílico sueño suyo de los años 50, pero le gusta escucharlo para poder enfadarse con él, golpear el salpicadero y decir «maldito idiota».

Conduce hasta la autopista de Burwood y se pregunta qué mierda le va a decir a la hermana de Ahn, Susie. La pequeña Susie. La petarda.

CAPÍTULO TREINTA Y TRES

TRAVIS PULSA EL PEQUEÑO TIMBRE DE PERLAS FALSAS. Suena una campanilla en el interior. Espera. Oye pasos suaves, la puerta se abre un poco, un ojo lo mira. Espera, el ojo lo mira, escucha.

—Oh, Dios mío. Travis. Entra, entra.

Está vestida con unos pantalones de chándal azules ajustados, una camiseta negra bajo la que se mueven sus tetas sin sujetador mientras salta.

Travis se ríe.

Sigue igual, piensa.

—Siéntate. Siéntate. Nadie me dice nunca nada de ti, pobrecito.

—Susie, estoy buscando a un par de tipos. Chicos vietnamitas metidos en las drogas. Creo que...

—¿Qué mierda? Quieres que me mezcle con las drogas otra vez. Travis, creía que habías venido a verme —dice cruzándose de brazos, mirando hacia otro lado, haciéndose la dolida.

—Lo hice. Vine a verte, pero la razón por la que vine a

Melbourne fue para encontrar a esos tipos. Tengo que hacerlo, después podemos pasar un rato, como en los viejos tiempos.

—No.

—¿Qué?

—No. No te ayudaré.

—Susie, ¿qué?

—Estoy bromeando. Ja, ja, ja. Estoy bromeando. Te ayudaré, Travis. Será emocionante, como dijiste, como en los viejos tiempos.

Travis espera que su padre no haya puesto a alguien a seguirlo. Jesús, ¿y si lo ha hecho?, piensa Travis

—Estos dos vietnamitas son traficantes de drogas de pacotilla, quizá también consumidores, no lo sé. Solían vivir en los departamentos de la Comisión de Vivienda de Richmond.

—Nombres —dice ella, y—, oh, Travis, no te he ofrecido un café. ¿Por qué llevas esa gorra tan baja sobre tu bonita cara? Oh, tienes algunos cortes. Quítate la gorra, Travis. Puedo ayudarte. Quítate la gorra.

Travis se quita la gorra y la mira.

—Oh querido, oh Dios mío, ven al baño ahora, ven. Tengo algo que te ayudará. Se llama crema de árnica; reduce los hematomas. Tengo algo de desinfectante para esos cortes. Vamos. Vamos. Mi hijo pequeño se corta todo el tiempo.

—¿Tienes un hijo?

—Una niña y un niño, pero su padre es un completo cabrón que se escapó. No te preocupes. Son las vacaciones escolares. Están con su ba, con su abuela.

—Bien.

—Es el momento perfecto para que salgamos a buscar a estos chicos. Sus nombres, Travis. No me has dicho sus nombres.

—Binh Le y Duc Phan.

—Lo conozco. Lo conozco, carajo. Duc Phan. Es unos cinco

años mayor que yo. Solía traficar con metanfetamina. A veces conseguía con él cuando me drogaba y sí, era un consumidor, se notaba, un poco loco. Solía pensar que podía tenerme, pero de ninguna manera, ni siquiera cuando estaba jodida. Nada de hombres de Vietnam, ya lo sabes, Travis. Me gustan los chicos blancos.

—¿Y los negros?

—Sí, los negros también. No vietnamitas. Es una cosa de papá.

—Me alegro de que hayamos aclarado eso, Susie. Ahora si...

—Puedo hacer algunas llamadas. Puedo encontrarlo.

—Genial. Eso es genial.

—Sí.

Travis está abrumado. Susie es un remolino. No puede llevarla a encontrar a esos tipos, pero ella no se lo dirá a menos que lo haga, él lo sabe. Está loca. Tal vez, tal vez. Si puede meter a Ahn en esto.

Ella comienza a aplicar la crema en su frente suavemente, con cuidado. Se siente increíble. La crema se enfría. Él cierra los ojos durante un minuto mientras ella continúa diciendo:

—Así está mejor, ¿no? ¿No te alegras de haber venido a verme? Eso es, cierra los ojos.

Comienza a frotarle el pecho al mismo tiempo y se siente aún mejor. Sigue aplicando la crema poco a poco, pasando la mano por el pecho hasta el estómago, con los ojos todavía cerrados. Le pasa la mano por el estómago hasta el cinturón. Él abre los ojos y ella sonríe y dice "Déjame hacer esto", mientras le desabrocha el cinturón. Él se siente como hipnotizado y se deja llevar por ella. Ella deja de ponerle la crema en la frente, le baja la cremallera y le mete la mano en el pito. Él la deja. Ella lo sujeta, pasa suavemente la mano por la cabeza, él se desliza en la silla que ella ha traído. Ella le abre bien los vaqueros. Por un momento, él piensa en Babus. Ahn pasa por su mente. Se rinde. Ella sigue acariciándolo lentamente. Él delira un poco. Ella acaricia un poco más rápido, se arrodilla, se lleva el pito a la boca, le sujeta los huevos y él se corre con fuerza dentro de su boca. Ella traga, se echa hacia atrás y él abre los ojos. Ella está de pie.

—Lo siento, lo siento —dice él.

—¿A quién le pides perdón? —pregunta ella, luego se enjuaga la boca bajo el grifo y se pone de pie—. Siempre quise hacer que te corrieras.

Él la mira desconcertado.

Ella empieza a reírse al ver cómo se recompone.

—Lo disfrutaste muchísimo, ¿verdad? —dice ella.

—Ah, sí, vamos Susie. Haz esas llamadas. Encuentra a ese tipo por mí.

—De acuerdo, de acuerdo. Lo haremos, pero volveremos a ese otro asunto cuando encontremos a este hijo de puta.

—Eres agotadora, Susie.

—¿*Moi*?

Saca su teléfono de un bolsillo lateral de su pantalón de chándal y marca los números. Alguien responde. Empieza a hablar rápidamente en vietnamita. Menciona la calle Bond en Abbotsford, entendió eso, y luego sigue hablando rápidamente, riendo y hablando. Travis se sienta y se pone la gorra. Termina la llamada, hace otra y otra, siempre hablando rápido, y luego una última llamada hasta que deja el teléfono.

—¿Y bien?

—Dos chicos vinieron de Sydney, empezaron a hablar a lo grande sobre la compra de un montón de metanfetamina y heroína. Son tus chicos. No en Richmond. Están escondidos en un Airbnb en Clayton.

—¿Tienen un Airbnb en Clayton? ¿Quién viene a Melbourne y se queda en Clayton?

—Los padres de los estudiantes de la Universidad de Monash. Traficantes de drogas.

Travis se ríe.

—¿Tienes la dirección exacta?

—Sí.

—Vamos.

—Más despacio —dice ella, sorprendiéndolo—. No puedo ir contigo. Es probable que estos tipos tengan armas. Yo tengo niños.

—Bien, espera. ¿Puedes conseguirme una pistola?

—No. Ya no puedo hacer eso.

—No, lo entiendo.

Travis piensa en lo que está a punto de suceder. Mucho dinero en efectivo. Posiblemente traficantes de drogas afectados por la metanfetamina que están paranoicos.

Llama a su padre.

—¿Travis?

—Sí. Te dije por qué estoy aquí.

—Lo hiciste.

—Los chicos están en Clayton. Posiblemente usando metanfetamina. Tal vez tengan armas.

—No seas estúpido, hijo. Sin armas. Siéntate en el departamento. Toma a un tipo y luego al otro. Puedo hacer esto contigo. Todavía conozco el juego. Los riesgos.

—Acampa en mi coche cerca de la casa y espera.

—Sí, hazme saber cuando necesites un descanso o si me necesitas rápidamente, iré. ¿Dónde estás ahora?

—En Belgrave.

—Deberías tardar una hora en llegar.

—Sí.

—Esperaré tu llamada.

—Adiós, papá.

Es inteligente. Su padre es inteligente. El juego de la espera con las cabezas de metanfetamina.

Su teléfono suena.

Olsen.

—Travis.

—Sí, ¿qué pasa?

—Probablemente no te has enterado. No en los medios de comunicación, todavía.

—¿Qué es de lo que no me he enterado?

—El joven indígena, Paul.

—Déjalo fuera de esto.

—Fue encontrado esta mañana en su casa ocupada.

—¿Encontrado?

—Está muerto, Travis. Atado y amordazado. Cortado en pedazos, como Ann.

—Mierda. No. De ninguna manera. Dylan lo mató; debe haberlo hecho. Ese chico estaba empezando a despegar, su vida estaba mejorando.

—Travis, no puedes es...

—¿Estás seguro de esto?

—¿Sabes cuántas veces he hecho llamadas como esta?

—Sí.

—Tengo que irme, Travis.

—Sí, claro.

—¿Sabes qué significa esto?

—¿Qué?

—Tú eres el siguiente. Va por ti.

—Siempre lo ha hecho.

—Sé por qué estás en Melbourne.

Travis cuelga.

Que se joda Olsen.

Quiere algo.

Ese chico.

Metió unos cuantos goles, dijo.

—Mierda. Mierda. ¡Mierda!

Susie lo mira a la cara, las lágrimas se agolpan en sus ojos. Se acerca y se sienta a su lado, le rodea con el brazo, lo besa ligeramente en un lado de la cabeza.

Lo mece un poco.

CAPÍTULO TREINTA Y CUATRO

Mientras Travis conduce hacia el Airbnb en Clayton, Katya fuma otro porro tratando de borrar el recuerdo de Ann. Escondiéndose. El resto de su vida podría ser así. Travis vendría por ella, eventualmente, aunque no le dijera cuándo vendría Dylan.

Oye la llave en la puerta principal, se limpia el sudor húmedo de la frente. Enciende la televisión. Quizá Perry se vaya directamente a la cama después de haber estado fuera toda la noche. Perry entra en el salón, deja las llaves del coche en la mesita de cristal, mira a Katya y le dice:

—Estás aturdida. Estás sudando. ¿Qué te pasa? ¿Qué te preocupa?

—Nada. Nada.

—Dime la verdad —dice Perry, caminando hacia ella y sacudiéndola—. Dime la verdad.

—Tengo miedo. Tengo miedo —dice ella y empieza a llorar—. ¿Y si Dylan...? No sé, ¿y si...? Le dije a Travis. Le dije dónde estábamos.

—Maldita perra estúpida. Dame tu teléfono. Dámelo ahora. Dámelo.

Perry se agacha y se lo quita de la mano. Lo abre, saca la tarjeta SIM, la pone en el cenicero. Le prende fuego con un pequeño encendedor Bic azul. Se funde en la nada.

—Se acabó el teléfono para ti. ¿Quieres morir? ¿Quieres que Travis muera? Sabes que puede hacerlo. Te lo digo, si Dylan descubre que hablaste con Travis, que le dijiste dónde estamos. Mierda. Recoge tus cosas. Recoge tus cosas, ahora. Nos vamos.

CAPÍTULO TREINTA Y CINCO

Travis pasa por delante de la casa de Clayton en la que supuestamente están escondidos los dos tipos. Es una casa de madera en una calle formada en su mayoría por pequeñas casas de una sola fachada y bloques de viviendas de los años setenta y, como el césped de las fachadas no está cortado, no hay cubos de basura. Supone que la mayoría son rentados. La casa está en una calle a pocas manzanas del centro comercial Clayton, en la calle Centre. Hace frío; la lluvia cae suavemente sobre su Hyundai alquilado. Susie es genial; conoce a mucha gente. Está seguro de que tiene a los tipos adecuados. Cuando se drogaba, era la niña salvaje y todo el mundo la quería. Sigue siendo salvaje, pero ahora no se droga.

Las calles de por aquí son anchas. Clayton está rodeado, si no de autopistas, de carreteras principales con mucho tráfico a su alrededor. Supone que la calle está probablemente habitada por estudiantes, jóvenes que comparten casa, posiblemente familias jóvenes, hombres solteros en pequeños estudios, todos con dificultades económicas. Todo esto lo adivina, le da vueltas a la cabeza mientras espera. El Hyundai está estacionado a unos setenta metros de la casa. Espera, ansioso. Se le empieza a apretar el pecho, le cuesta respirar. Otra vez esta mierda, piensa. Sale del coche y se agacha de cuclillas. Ese chico indígena asesinado, rebanado, está en su cabeza y no puede deshacerse de la imagen. Intenta respirar una y otra vez, pero no puede. Su corazón se acelera. Su pecho late como un tambor. Tose y por fin consigue que entre aire en sus pulmones. La lluvia se hace más intensa; no hay nadie en la calle. Se pasa la mano por el pecho intentando inhalar y exhalar y, lentamente, vuelve a respirar.

Cuando va a parar esta mierda, piensa mientras vuelve a sentarse en el asiento delantero y espera. Puede ver la casa. Un viejo Datsun sedán estacionado en la entrada. Una de las pocas casas que tiene entrada. Quiere fumar, pero piensa que eso podría delatarlo. Es la 1 de la tarde, todavía no hay nadie en la calle, no se abren las cortinas para verlo. Soy el siguiente en la fila según Olsen. Travis lo sabe. Sin embargo, Olsen le ha dado cuerda. Este trabajo, luego Katya. Ir a rescatarla. Odiaba que su relación fuera tenue en el mejor de los casos. Ella no puede confiar en él; él no puede confiar en ella. Habían estado tan cerca cuando él trabajaba en el motel. Él cuidaba de ella y ella de él, pero el asesinato había cambiado todo eso. Ella ha elegido su bando y es Perry, pero él no puede dejar que se deje atrapar por él con la amenaza de violencia de Dylan o incluso del propio Perry. La llama. El número no conecta. Lo intenta de nuevo. Qué demonios, piensa. Vuelve a intentarlo. No hay ni siquiera un mensaje de ningún tipo, unos breves pitidos y luego nada. Su teléfono... no puede pensar con claridad durante unos minutos. Podría darle la dirección de Preston a Olsen, pero no quiere que Katya también... Espera, piensa. Espera.

La puerta principal de la casa se abre. Un tipo asiático con vaqueros azules y una chaqueta negra inflada sale, se mete en el coche, lo pone en marcha, retrocede por el camino y espera unos minutos antes de marcharse. ¿Es esto? ¿Es esta su oportunidad? Sale del coche y camina rápidamente por la calle bajo la lluvia. No tiene chubasquero y le pesa; el aire es mucho más frío que esta mañana.

Pasa por delante de la casa y se da la vuelta rápidamente, corriendo por el lado izquierdo del camino de entrada. Llega a una puerta de alambre alta, unos metros más alta que él, con un candado. Trepa por ella lo más silenciosamente posible, se deja caer al otro lado, y piensa, mierda, perro, pero está tranquilo. No hay perro. Al menos no fuera. Camina lentamente por el lado de la casa agachado por debajo del nivel de la ventana. Mira en la primera ventana; una mochila en una cama, nada más. Escucha música. Un rock punk irregular. Se dirige a la segunda ventana, al fondo de la casa. Se levanta lentamente hasta situarse ligeramente por encima del nivel de la ventana y mira por ella. Es la cocina.

Hay un vietnamita de unos treinta años. La música sale de un pequeño radiocasete, a todo volumen, enérgico. El vietnamita se pone a bailar como si estuviera en medio de un concierto. Se gira bruscamente y ve a Travis en la ventana. Mierda. Se detiene. Corre hacia un cajón, toma un cuchillo y se lanza por la cocina hacia la puerta trasera.

Travis se queda helado. ¿Qué mierda?, piensa, ¿y ahora qué? Se mantiene firme y espera a que llegue el tipo vietnamita. El hombre gira rápidamente por la esquina de la casa hasta el pasillo lateral, ve a Travis, con los pies plantados esperando, y dice:

—¿Quién mierda eres? ¿Qué haces aquí? Vete a la mierda. A la mierda.

Sigue caminando hacia Travis con el cuchillo en la mano derecha, preparado para golpear. Travis lo deja acercarse, a menos de un metro, el hombre drogado con metanfetamina, arremete súper rápido, corta a Travis en su antebrazo izquierdo, la sangre corre. Travis retrocede, pero sólo un poco. El hombre arremete de nuevo, pero Travis se mete dentro de él y golpea con la palma de su mano la parte inferior de la nariz del hombre. La sangre estalla. El cuchillo cae al suelo. Travis le da una patada en las pelotas, una, dos, tres veces. El hombre cae de rodillas. Travis toma el cuchillo cuando oye que el coche en la entrada. Corre hacia la puerta trasera, la abre, entra rápidamente y cierra la puerta.

La puerta del coche se cierra de golpe y el hombre sube por el corto camino hasta el pequeño porche de concreto y llama a la puerta. Mierda. No tiene llave. Cómo es posible que no tenga llave, piensa Travis. Debe haber sido una señal, porque oye que la puerta principal se abre. Travis corre hacia el frente de la casa. El hombre entra por la puerta, Travis corre hacia él, lo derriba al suelo, levanta el cuchillo y lo pone en la garganta del hombre.

—No digas nada. Mantén la boca cerrada. —La sangre rebosa del corte en su antebrazo.

El segundo vietnamita dice.

—¿Quién eres tú? ¿Quieres el dinero? Puedo darte diez mil. Vete. Diles que no pudiste encontrarnos. —Este tipo está bien, no está drogado.

—Levántate. Levántate —dice Travis.

Le quita el cuchillo de la garganta. El tipo se levanta. Travis tiene el brazo del hombre sujeto con fuerza. Es más pequeño que Travis, pero enérgico, fuerte. Travis tiene el cuchillo a su lado en la otra mano. El hombre retrocede violentamente y golpea con fuerza su bota contra el pie de Travis. Travis retrocede dolorido. El hombre se lanza hacia él lanzando puñetazos, a izquierda y derecha, combinaciones rápidas, algunas de las cuales aciertan, otras fallan. El hombre es superrápido, como su amigo. Travis retrocede. El hombre se acerca. Travis le corta por el lado de la cara. El tipo se detiene de inmediato, se palpa la cara, la sangre que brota del corte en su carnosa mejilla. Travis lo agarra por el pelo, lo arrastra a la primera habitación donde vio la mochila. Lo tira al suelo, le da dos patadas en la cara y le rompe algunos dientes. Le da dos patadas más en las pelotas.

¿Puede ser tan fácil? Desabrocha la mochila mientras oye cómo el otro vietnamita asalta la puerta trasera. Nada. Busca en el armario, bajo la cama. El vietnamita está quejándose, llorando. Travis toma la llave del interior de la puerta y encierra al hombre en el dormitorio. Va al siguiente dormitorio. No hay nada en la cama. Mira en el armario. Tres o cuatro camisas colgadas, una vieja chaqueta de traje. Mira debajo de la cama. No hay nada.

Oye cómo se rompe una ventana; el otro hombre vietnamita, intenta volver a entrar en la casa. Esta no es la paciencia que su padre quería que tuviera. Camina por el corto pasillo hasta el salón, que da a la calle. Mira bajo el sofá, bajo los dos sillones. No hay nada. ¿Dónde está? ¿Qué han hecho con él? Se dirige de nuevo al segundo dormitorio. Retira el edredón. No hay nada. Hay cajones en la base de la cama. Los saca al suelo. El otro hombre. ¿Dónde está? ¿Ha entrado ya? Mira en la base de la cama. Una bolsa. Otra mochila. Una mochila naranja. Tiene que inclinar la cama hacia arriba. La mochila es más grande de lo normal. Es pesada, llena de algo en su interior. La pone en posición horizontal y abre rápidamente la cremallera. Ahí está. El dinero en efectivo bien empaquetado.

El primer tipo ha entrado por la ventana de la cocina, la sangre cubre su cara. Respira con dificultad mientras corre hacia Travis diciendo:

—¡Hijo de puta! Tú...

—Vamos, hijo de puta. Quieres que te corte —dice Travis.

El hombre se detiene. Travis abre la puerta principal—. Quédate donde estás, mierda.

Cierra la puerta. Pone el cuchillo en la mochila, camina rápidamente hacia su coche. Abre la puerta del lado del conductor, lanza el dinero dentro, sonriendo, casi riendo, pero el ruido, la policía podría venir. Entra en el coche, lo arranca y conduce a toda velocidad por la calle. Los hombres están en la veranda viéndolo partir. Travis no puede evitarlo; toca el claxon mientras lo miran alejarse a toda velocidad. Tiene que vendarse el brazo. Lo cubrirá y parará en una farmacia. Llevará el coche de vuelta a Hertz. Ahora tienen matrícula, pero están solos. No parecen estar aliados con nadie; esto es lo que también le dijo el correo electrónico de Angelo. Eran tipos insignificantes que se arriesgaron y luego no lo hicieron. Aunque tengan las placas. ¿Qué pueden hacer? Nada. Está hecho. Ha ganado, piensa, por fin. Podría actualizar la pletina del Halcón Milenario a un reproductor de CD.

Entonces piensa en el chico indígena, Paul. Si hubiera sido como Ann en la habitación del motel, habría sido una muerte horrible, acuchillado aquí y allá por todo su cuerpo joven y en forma.

Metí unos cuantos goles.

CAPÍTULO TREINTA Y SEIS

Andy Chui contesta su teléfono y dice:

—Travis.

—Tengo el dinero, pero no puedo traerlo de vuelta. Tengo algunos asuntos aquí.

—Angelo tomará el primer vuelo disponible. Se aloja en el Sheraton, frente a los Jardines del Tesoro. Reservaré dos habitaciones. Sal de tu cur...

—Ya me he marchado. Iré en Uber al Sheraton. Estoy en Hertz en la calle Elizabeth.

—¿Algún problema?

—Una pelea de mierda para ser honesto. Necesito ver a un médico, que me dé unos puntos. Hay un tipo en Reservoir que lo hará. Uno de ellos estaba drogado con metanfetamina y los dos estaban enfadados, pero sí, no creo que tengas que preocuparte por ellos. Los amigos del padre de Ahn me dieron trabajo la primera noche, como advertencia.

—Te has ganado el dinero. Vuelve a Sydney tan pronto como puedas. Ahora trabajas para mí.

La línea se corta.

Como una mierda, piensa Travis.

Llamó a Ahn rápidamente para buscar a un médico. Era un amigo de su padre. Lo hizo.

El médico le cose las heridas. No hablan. Su padre se pondría furioso si lo supiera. Qué pena. El médico lo sabe. No quiere decir nada.

Se registra en el Sheraton. La habitación ya está pagada. La mochila naranja está como un trofeo en el sofá rojo. Espera. Luego pide el servicio de habitaciones. Dice a la recepción que no quiere llamadas. Todavía no ha terminado. Después de que llegan la hamburguesa, las patatas fritas y el batido, empuja el sofá contra la puerta, el escritorio detrás, y se tumba. Suena el teléfono fijo de la habitación.

—¿Qué?

—Señor Whyte, hay un regalo para usted en la recepción. ¿Quiere que el portero se lo lleve?

—Sí.

Mueve el sofá y el escritorio hacia atrás.

Llaman a la puerta. Hay un ojo de pez. Mira a través de él. El portero con una cesta de flores. Abre la puerta. El portero le entrega la cesta de flores. Travis le da una propina de veinte y cierra la puerta. Deja el sofá y el escritorio en su sitio. Hay una tarjeta. Una postal de la estación de la calle Flinders. Una nota escrita a mano.

No vuelvas. Firmado *Johnny Tran.*

¿En qué momento lo siguieron? Lo más probable es que desde que se fue del motel. Si hubieran estado en Clayton, lo habría sabido. Era demasiado dinero para no intentarlo. Las conexiones de Susie eran mejores que las de su padre. Más a nivel de la calle.

Travis cierra los ojos y espera.

CAPÍTULO TREINTA Y SIETE

Angelo recogió el dinero. Lo acompañaba Wicky, del club de juego. Angelo no estaba de humor para hablar. Travis se pregunta si estaba enfadado porque había abandonado el trabajo en el casino después de haberle ayudado a prepararlo. Wicky dijo que volverían en coche a Melbourne. Demasiado dinero en efectivo para que los tipos de seguridad doméstica del aeropuerto lo dejaran pasar sin preguntas.

Travis se levanta a las 7 de la mañana. Come mucho del desayuno de buffet libre. Salchichas, huevos, tocino, dos croissants, jugo de naranja, dos cafés, un tercer café para llevar que se bebe mientras fuma y conduce hasta Preston en un BMW nuevo, alquilado por Angelo, como regalo para el resto de su estancia. Esta vez de Avis. Puede conducirlo de vuelta a Melbourne o dejarlo en el aeropuerto. Angelo no preguntó por qué se quedaba en Melbourne.

Travis llega al bloque de unidades de la calle Cooma, en Preston. Pulsa tres o cuatro botones del interfono. Alguien responde, él dice:

—Cartero con un paquete.

Suena el timbre y entra. El número diez está en el tercer piso. Sube corriendo las escaleras sin saber qué va a hacer. ¿Estaría Dylan, o como sea su verdadero nombre, allí? Podría ser como Clayton. Una pelea de mierda. A medida que se acerca a las escaleras superiores, se frena, llega al tercer piso. Se detiene. Respira un poco. Inhala y exhala lentamente. Se pasa la mano por el pecho, inhalando y exhalando. No quiere un ataque de pánico ni ahora ni nunca más. Encuentra la puerta, golpea tan fuerte como puede. Nada. Vuelve a llamar. Espera. No hay nada. Vuelve a llamar. El tipo del número nueve asoma la cabeza y dice:

—Se han ido.

—¿Quiénes?

—Las chicas.

—¿A dónde se fueron?

—¿Eres un...?

—Soy un investigador privado. Robaron un montón de dinero. Mi trabajo es recuperarlo.

—Oh.

—¿Hubo algún ruido, algún grito?

—Algo sobre el teléfono de una de las chicas. «No hay teléfono para ti. ¿Quieres que te maten? Que maten a Mavis».

—¿Travis?

—Sí, tal vez fue Travis.

—¿Cuándo?

—Esta mañana.

—¿Sabes a dónde fueron?

—No.

Travis le cree.

¿Por qué iba a mentir?

—Bien, gracias, amigo. Siento haberte molestado.

—No es molestia para usted, señor. —Y Travis nota una sonrisa descarada. El tipo está coqueteando con él.

—Tengo que irme, gracias de nuevo.

Se aleja rápidamente bajando las escaleras.

Llama a Airbnb, encontrar el número para hablar con un humano ya era difícil, pero ahora le dan largas. Privado, lo siento, no puedo dar ningún detalle.

—Esta persona es un amigo mío; se suponía que nos íbamos a encontrar y...

—Lo siento, señor, pero yo...

—Vete a la mierda.

Llama a Olsen.

—Travis, esto se está convirtiendo en costumbre.

—Sé que no te agrando, pero necesito algunos detalles de Airbnb. Perry, el traficante proxeneta del que te hablé. Se estaba quedando en Preston, pero se fue. Necesito un número de contacto. Tal vez puedas perseguir los detalles de la tarjeta de crédito o...

—Whoa, whoa. Amigo. Estoy fuera. Suspendido.

—Pero dijiste...

—Un nombre, Travis. Tal vez pueda ayudarte si me das un nombre.

—Conozco el Airbnb en el que se alojaron. Ya no están allí. Tal vez puedas averiguar con qué nombre se registraron.

—No puedo hacer nada de eso. Puede que tenga un amigo en la fuerza que podría darme un nombre, pero estoy fuera. Mis amigos en la fuerza ya no son mis amigos. Me abandonaron como una carga de basura en el vertedero. Conoces esa sensación, ¿verdad, Travis? Estar fuera.

—Lo siento, Olsen. No conozco las circunstancias. Espero que estés limpio o...

La línea se cortó.

Travis conoce el sentimiento.

Su teléfono suena. Un número que no reconoce.

—Hola.

—¿Travis Whyte?

—¿Quién quiere saber?

—Me llamo Geoff Horsley.

—¿Y?

—Eres el tipo que encontró a Billy Madison. Trabajas para Andy Chui.

—Sí.

—Quiero contratarte. Mi hija desapareció hace tres días. Estaba en Melbourne de vacaciones con su mejor amiga. Ella y su amiga no volvieron.

—¿Quiere que la encuentre?

—Sí.

—¿Qué está haciendo la policía?

—Nada. Tiene diecinueve años.

—Ahora estoy en Melbourne, por casualidad.

—Lo harás.

—No soy bueno con el teléfono. Te daré mi dirección de correo electrónico, habla con tu esposa u otros amigos o hermanos, consigue todos los detalles que puedas sobre el viaje. Quién es su amiga y su número de teléfono, dónde se alojaron, los detalles del vuelo, las personas que podrían haberse encontrado en el aeropuerto. Quiero sus cuentas de Facebook, Twitter, Instagram. Esa nueva, TikTok, si están en ella. Todo lo que se te ocurra. ¿Dónde planeaban ir? Supongo que habrá muchas fotos y publicaciones en las redes sociales, y luego dejarán de hacerlo. Mi trabajo será averiguar cuándo y por qué paran. Entonces, podré encontrarla.

—Oh, Jesús. Oh, gracias. ¿Cuánto es...?

—Trescientos al día más gastos, es decir, gastos de motel, comida, bebida, entrada a clubes nocturnos de mierda y otros lugares. Recibirás una factura.

—Entiendo, gracias. Gracias por aceptar el trabajo.

—¿Cuál es su nombre completo, su edad y su amiga? Lo necesito ahora.

—Jenny Hampton. Diecinueve años. Esa es mi hija. La otra chica es Missy Murrihy. Tiene la misma edad.

—Gracias, estaré en contacto. Cualquier información nueva la pones en el correo electrónico. Si crees que algo es urgente, llámame. Sólo si es urgente.

—Gracias, lo haré.

—Adiós, Señor Hampton.

Jesús, la vida es extraña, piensa Travis. Encuentras a un tipo muerto que es bastante conocido, trabajas para un tipo rico y famoso. La gente empieza a llamarte. A él le gusta.

Travis mira el bloque de unidades, ve que cada una tiene un pequeño balcón. Vuelve a subir al departamento de la calle Cooma. El Airbnb ni siquiera sabía que se habían ido. Quizá hayan dejado algo. Saca su portátil del maletero. Revisará el Facebook de Jenny y Missy, Instagram y otras cuentas en departamento. Tal vez el tipo de la puerta de al lado le prepare un café.

CAPÍTULO TREINTA Y OCHO

Llama a la puerta del tipo de al lado y éste le abre con cara de desconcierto mientras Travis le dice:

—¿Hay alguna posibilidad de que pueda trepar por su balcón e intentar entrar en el apartamento de al lado donde estaban? Quizá pueda encontrar algo que hayan dejado, que me indique dónde están.

—Ah, no lo sé. Sí, supongo que estaría bien.

Abre la puerta de par en par. Travis entra. Es un apartamento pequeño y ordenado. Sofá, un sillón, televisor de pantalla grande, cocina pequeña, ordenada, nada extraño.

—Soy Micky —dice el tipo y extiende la mano. Travis le da la mano, el tipo lo mira directamente a los ojos.

—Voy a revisar ese balcón —dice Travis.

Atraviesa el salón, abre la puerta y mira a su derecha. Es una subida fácil, y cuando llega allí la puerta ni siquiera está cerrada. Le hace una seña a su nuevo amigo y dice:

—Bingo. Abierta. —Señala la puerta.

Entra en el salón. Está desordenado, con paquetes de

cigarrillos vacíos sobre la mesa de café. Tazas de café usadas, una de ellas con el símbolo del Carlton Football Club, que iba a ser el mejor resultado de Travis en la noche del preliminar de hace tres años. Hay una caja de cerillos y naipes. En el sofá hay revistas de estilo de vida tiradas. Las recoge y las sacude. No hay nada. Nada en la sucia cocina, excepto más tazas usadas, platos sucios y ollas y sartenes. Tiene ganas de tirar todo al suelo, agarrar una taza y tirarla al televisor. Estos dos, Perry y Katya, lo empezaron todo. Él trataría de proteger a Katya. Paul está muerto. Se pregunta por un momento sobre el funeral y luego cambia de opinión. Sólo cuando Paul empezó a salir con Travis, le quitaron la vida. Dylan o cualquiera que sea su nombre real los había seguido a ambos. Acosó y mató al chico. El chico parecía fuerte. Travis cree que Dylan lo drogó primero.

Va a la primer recámara. Una cama deshecha con un cenicero en el centro, ceniza derramada en las sábanas. El sujetador negro se ha dejado en el respaldo de una silla. Abre la cómoda. Busca en cada cajón. No hay nada. Su mente se dirige a Ahn. ¿Cómo le iba con Farez? No habló de ello con Angelo. No había tiempo con Ahn. Necesitaba al doctor, rápido. Tenía demasiada prisa por volver a Melbourne. Babus esperaría que lo llamara.

Va al armario, retira la puerta de espejo, mira el vacío. Va al baño. Manchas de lápiz de labios en el banco. Un rastrillo usado en el lavabo. Sabe que Katya se afeita las piernas. Abre el armario. Una caja de tampones. Bastoncillos de algodón. Se fueron con un poco de prisa. Se llevaron lo más grande. Va a la segunda recámara sintiéndose derrotado. Mira en el armario. No hay nada. Bajo la cama. Bajo las sábanas. Aquí no hay cajones, sino un pequeño portaequipajes. Se da la vuelta en un arco de tres sesenta, no encuentra nada en su visión que pueda ayudarle.

Vuelve a la primera recámara. Abre de nuevo el armario, pasa la mano por el estante superior. Encuentra algo fino, como un cartón, una tarjeta. Una tarjeta de presentación de un conductor de Uber. Raj Singh. No sabía que había tarjetas individuales. Tal vez el viejo Raj era un innovador o le gustaba su negocio de vuelta sin pasar por la máquina de Uber. Con suerte, la había dejado Perry y no algún otro huésped anterior. Katya nunca guardaría algo así. Todo en ella es imprevisto.

Llama al número de teléfono de la tarjeta.

—Raj al habla.

—Necesito una reserva de Uber.

—¿Te conozco?

—Yo no, pero un par de amigas mías te contrataron. Me dieron el número de la tarjeta que les diste.

—¿Quiénes eran?

—Dos chicas que se alojaban en un Airbnb en Preston.

—De Adelaida, sí, lo recuerdo. Una chica era divertida, la otra un poco triste, yo...

—Sí, son ellas, de Adelaida.

O Sydney, pensó Travis. Perry, desviando todo.

—La cosa es que perdí el contacto con ellas después de que dejaron Preston. Yo vivía unos pisos más abajo. Nos juntamos un par de veces. Quiero volver a reunirme con ellas. ¿Las recogiste esta mañana?

—Sí, las llevé al otro lado de la ciudad, a St. Kilda.

—¿Puedes recogerme en una hora y llevarme allí?

—Claro que sí. La misma dirección en Preston.

—Sí.

—Tenía un trato con esas chicas que...

—Dame el mismo trato sea lo que sea. Está bien. Quieres hacer algo de dinero de verdad.

—Sí, te veo en una hora.

Travis deja escapar un suspiro. Una liberación de tensión. ¿Estará Dylan con ellas? ¿Puede terminar tan rápido?

Abre su portátil. Revisa los correos electrónicos del padre de la chica desaparecida. Nada sobre dónde fueron juntas al colegio. Le devuelve un correo electrónico pidiendo la información. También, una lista de mejores amigos. Una lista corta, tal vez tres o cuatro personas para cada chica. Si no lo sabes, pregunta a sus hermanos, escribe, pregunta a tu esposa, pregunta a los amigos que conoces. Es importante.

Mira la página de Facebook de Jenny, revisa todas las publicaciones de la semana anterior. Ella anunció que había llegado a Melbourne, pero no hubo nada después. Probó con Missy. Las chicas se parecían. Supuso que se trataba de algo. Las dos eran rubias y guapas con el pelo corto, como las modelos de los años 60. Revisó las publicaciones de Missy; mostraba un selfie en Tullamarine a su llegada. También una de las chicas subiendo a un Uber fuera del Hotel Espy. Jenny y Missy, ambas con pantalones vaqueros negros, ropa interior negra, pelo rubio corto y brillante. Las dos parecían modelos, pensó de nuevo. No había más fotos ni publicaciones.

Entró en Instagram, y las chicas estuvieron por todas partes durante una semana, publicando fotos de clubes nocturnos, bares, fotos diurnas en la calle Chapel, la calle Bridge, la calle Smith y el centro comercial Chadstone. Sin embargo, si había un acosador, lo más probable es que estuviera en los conciertos o en los clubes. Estudió detenidamente las fotos mientras esperaba el correo electrónico del padre. También envió los datos de su cuenta bancaria para el pago. Una semana por adelantado, por favor.

Repetidas fotos de las chicas en el club nocturno El Túnel en la calle Flinders. Contó que estuvieron allí cinco veces, incluyendo un lunes y un martes por la noche. Las fotos fueron tomadas en la cola acordonada, que era la misma que la entrada cerrada de Ángeles donde había ido a buscar a Billy Madison. Las chicas posan con diferentes tipos. Uno o dos tipos aparecieron repetidamente tanto en la cola como dentro del club. Uno estaba con ellas de compras en la calle Smith, donde las tiendas al por mayor estaban a veces una al lado de la otra. Tenía tatuajes en el cuello, nada del otro mundo hoy en día, no daba miedo, era sexy si acaso. Sus brazos rodeaban a las dos chicas, todas riendo. La calle Smith tiene grandes bares y cafés. La calle Brunswick está más de moda, pero la calle Smith sigue teniendo un toque que la calle Brunswick no tiene. Tomará el Uber y hará su jugada. ¿Debería haber conseguido la dirección del tipo del Uber? Puede que no la haya dado; puede que piense que va a perder tarifas. ¿Por qué dar la dirección a un tipo cuando puede hacer el viaje y conseguir una tarifa? Travis no quería joder al tipo. Él era el único vínculo con Perry y Katya.

Las chicas no están en twitter. Él tiene sus direcciones de correo electrónico, pero no la contraseña. Se pregunta cómo conseguir las contraseñas. Ahn conoció a una chica brillante en Sydney que a veces hacía trabajos ilegales para su jefe, Pete Rose. Debería llamarla, de todos modos, pero el Uber llegó veinte minutos tarde. Llamó a Raj, el tipo del Uber.

—No puedo llevarte allí, hombre. He preguntado a las chicas y me han dicho que eres problemático.

—¿Qué? ¿Qué has dicho?

—Me has oído.

—Oh, oh, ¿es eso cierto? Bueno, ¿qué te parece esto? ¿Qué tal si denuncio tu trasero a Uber? A quien actualmente estás estafando aceptando trabajos en efectivo. ¿Qué te parece eso? Tengo tu pequeña tarjeta de presentación con tu número...

—De acuerdo, de acuerdo. Pero no puedo recogerte.

—Dirección.

—Motel Cosmopolitan.

—Si estás equivocado. Te encontraré. Tengo tu número. Sé qué tipo de coche conduces.

—Es la dirección en la que las dejé. Me tengo que ir. Ha sido un placer hablar contigo.

—Gracias, Raj, eres un príncipe, lo sabes.

La línea se cortó.

Travis llevará el BM allí. Tiene la habitación en el Sheraton por una noche más. Si pudiera, trataría de perder el rastro de Johnny Tran en él después de dejar el Sheraton. Conocía un motel detrás de la calle Chapel, no en la calle principal, sino más allá, sobre la calle Dandenong hacia St Kilda. Llamó al hotel. Le dijeron que las habitaciones costaban 160 dólares por noche. Era un buen precio para la zona. Tienen un estacionamiento seguro con código de entrada para mantener a la gentuza fuera. Vuelve a tener un trabajo remunerado.

Tardaría entre treinta y cuarenta minutos en volver a cruzar la ciudad de norte a sur por el río Yarra hasta St Kilda.

Se desvía a Collingwood, a una pequeña tienda de empeños en la calle Smith. Le dice al tipo que está detrás del mostrador lo que quiere. El tipo que está detrás del mostrador es grande y feo, con una nariz enorme y bulbosa que parece haberse roto varias veces. Tiene acné en la barbilla a pesar de que parece tener más de cuarenta años. Lleva un corte de pelo horrible. Se sienta en un taburete alto.

—No puedo ayudarte —dice él.

—¿Cuánto? —pregunta Travis.

—Trescientos.

—Eres... —Pero se encoge de hombros Tiene dinero en efectivo. Lo necesita.

Le entrega el dinero en efectivo y el grandulón sale por la parte de atrás y vuelve con una bolsa de la compra azul, de plástico y reutilizable. Se la entrega a Travis, que siente el peso y sonríe. Una porra anticuada. Un tubo de metal envuelto en goma.

Una mierda seria.

Conduce por la calle Punt a través del intenso tráfico. Perry y Katya están en el Hotel Cosmopolitan en la calle Carlisle. Se encuentra en diagonal frente a la tienda erótica en la esquina de Acland y la calle Carlisle. ¿Cómo va a hacer esto? ¿Cómo va a conseguir su número de habitación?

Conduce a lo largo de la calle Carlisle, directamente en el estacionamiento del hotel. Encuentra un lugar en la parte trasera donde puede ver todas las habitaciones. Espera. Oye un golpe en la parte trasera del coche. Johnny Tran está en el espejo retrovisor. El tipo rubio grande con el corte en forma de cuenco que le dio un puñetazo, fuera del salón de masajes, está de pie frente a él. Travis mira hacia atrás por el retrovisor. Los dos tipos vietnamitas del salón han sustituido a Johnny Tran, que ahora está en la ventanilla del conductor y golpea suavemente, sonriendo. Travis baja un poco la ventanilla automática del BM.

—¿Qué puedo hacer por ti, Johnny?

—¿Dónde está el dinero?

—De camino a Sydney o ya está allí es mi mejor suposición. Tomé posesión y devolví el dinero a su dueño.

—Mentira.

Travis mira hacia el balcón. Es la maldita Katya. Ella lo ve. ¿Lo reconoce a través del parabrisas polarizado? Imposible, pero ve a los hombres que rodean el coche y se mete a su habitación. Tres a lo largo de la escalera de incendios. Los tiene.

Arranca el coche y acelera directamente hacia el chico rubio que salta al capó, intenta agarrarse a algo que no está ahí, sale despedido hacia la izquierda. Travis pisa aún más el acelerador y llega rápido a la calle Carlisle. Un muscle car azul le pisa los talones inmediatamente. Su teléfono suena al mismo tiempo. Dirige con una mano y acelera para alejarse del muscle car, pone el intermitente izquierdo, pero corta el carril y gira a la derecha en la calle Barkly. El muscle car se cruza seriamente con dos carriles y le sigue gruñendo con fuerza. Gira a la izquierda en una calle lateral de la tienda 7-11. Se lanza a toda velocidad. Pero el muscle car le alcanza, le embiste mientras conduce, gira bruscamente a la izquierda, luego a la derecha con fuerza de nuevo en Carlisle, cruzando la autopista Nepean, y luego a la izquierda rápidamente en la calle Chapel. El muscle car pierde el control. El BM es más ágil; conduce rápido pero otro coche. Un pequeño coche verde brillante con un motor ensordecedor viene a su lado. Johnny Tran le hace señas para que baje. Se detiene en una calle lateral de la calle Chapel, cerca del hotel que ha reservado.

Salta del coche cuando los dos gángsters vietnamitas se le echan encima. Golpea la porra con fuerza, elimina al primero con un golpe en la cara, lo golpea de espaldas en la oreja del otro hombre y lo aturde. El gordo rubio seguramente sigue en el motel. Johnny Tran sale. Travis se da cuenta de los moratones que tiene en la cara. Podría tratarse del honor por el cabezazo del otro día.

—¿Crees que puedes conmigo, Johnny?

Johnny Tran duda. El primer automóvil llega tamborileando ruidosamente a la vuelta de la esquina. Travis se da la vuelta, corre con fuerza por un callejón, corre tan rápido como puede. Salta una valla y no encuentra ningún perro. Se sienta y espera. Oye a los hombres corriendo por el callejón. Sigue avanzando por el patio trasero de la casa hasta llegar a una reja lateral blanca, que desengancha y baja por un pasillo lateral hasta la calle. El hotel que ha reservado está a cinco minutos de distancia. Se dirige a él. No oye nada que venga de atrás, sigue corriendo. Sus voces se desvanecen. Se sienta frente a la recepción del hotel, detrás de un pequeño seto. Recupera el aliento. No está mal, piensa. Tengo el número de la habitación de Perry y Katya. Dejaré el BM. Llamaré a Avis, les diré que se ha estropeado. Con suerte, el portátil todavía estará allí. Si no, no hay nada privado en él. Ningún número de cuenta; ninguna contraseña de nada importante.

Entra en la oficina de recepción y se registra.

CAPÍTULO TREINTA Y NUEVE

Dos horas más tarde se siente lo suficientemente sereno como para volver al Cosmopolitan. Llama a Avis, les cuenta su historia. Les pide que se queden con el portátil. Está debajo del asiento del copiloto. El hecho de que lo dejara podría convencer a Johnny Tran de no registrarlo. Tran esperaría que el dinero estuviera allí, pero seguramente después de todo Tran no pensaría que dejaría 300 mil en el maletero del BM. Tran pensaría que Travis había ido al Cosmopolitan para intentar perderlo, no por Katya y Perry. ¿Sabría él de esos dos? Poco probable.

Llama a un Uber y espera en el mismo lugar detrás del seto frente a la recepción. El Uber toca el claxon al llegar. Travis sube al asiento trasero. El conductor hindú le saluda con la cabeza, pero no dice nada, y se marcha rápidamente. Travis ha dado como destino el Café Galleon, que está a cien metros del Cosmopolitan, en la acera de enfrente. El conductor del Uber abre la puerta y le vuelve a saludar con la cabeza. Travis se baja. Ya nadie habla con nadie, piensa. Son las 5 de la tarde, entra y pide un café con leche para llevar, espera. ¿Cómo va a hacer esto? El café llega. Sale, se sienta en una mesa vacía y enciende un cigarrillo. Su mente se remonta al Motel Cross, de pie en la escalinata de la entrada, esperando a la policía, Olsen y su compinche apareciendo, bastante amables con él, pero también duros. El interrogatorio en la comisaría. Olsen enviando a alguien a golpearlo porque no le agradaba; no le gustaba que tuviera información sobre la muerte de Ann. Su mente deja de divagar. Observa la entrada del Hotel.

Está tranquilo.

Enciende otro cigarrillo y se bebe el resto del café. Está bueno. Fuerte y amargo sin tener que pedir que sea fuerte. Melbourne hace café. Simplemente lo hace. Apaga el cigarrillo, cruza la calle y entra en el estacionamiento del Cosmopolitan mirando a su alrededor. Toma las escaleras de atrás, en la esquina más alejada del estacionamiento. La recepción da a la calle. Sube por la escalera de incendios hasta el balcón del segundo piso donde había visto a Katya. Hay un carrito de la limpieza fuera de una habitación cinco puertas más abajo. Katya está en una habitación tres puertas más abajo de la escalera de incendios. Va directamente hacia ella, gira el pomo de la puerta mientras la empleada doméstica asoma la cabeza. El picaporte no cede. La empleada doméstica lo mira.

—¿Ha olvidado la llave, señor? —pregunta con acento irlandés.

—Sí, así es. La olvidé.

—Lo dejaré entrar.

—Gracias, cariño.

La puerta se abre. En el sofá está sentada Katya con una aguja clavada en el brazo izquierdo, la cara blanca como la ceniza. Travis vomita en el suelo justo delante de él. La empleada grita:

—¡Jesús! ¡Mierda! Mierda.

Travis va hacia Katya y le agarra la mano. Está fría. Fría y húmeda. Le busca el pulso. Nada. Llama a una ambulancia. Mierda. La rodea con su brazo y mira la aguja en su brazo. La empleada doméstica lo mira con horror.

—Llama a la policía —dice él.

Ella lo mira fijamente.

—Llama a la puta policía.

Suena su teléfono, el padre de Jenny. Travis contesta.

—Hola.

—Travis, recibí una llamada de ella hace unos minutos.

—¿Está bien?

—No. Dijo algo así como «no nos dejan ir. No nos dejan ir». Y luego nada. Intenté devolver la llamada. No pasa nada. No hay buzón de voz. Nada.

—Estoy en ello. Me reuniré con la policía pronto. La buscaré. Te prometo que la buscaré y la traeré a casa.

Haría todo lo posible para recuperarla. Llegaría hasta el final.

CAPÍTULO CUARENTA

Mientras Travis espera a la policía, Dylan y Perry se encuentran en Richmond, siguiendo como si no hubiera pasado nada. Dylan decidió que Katya, al igual que Paul, ya no merecía la pena. Ella hablaba demasiado y para él era claramente un desastre. Así que le dio la razón. Perry no dijo nada, sino que siguió con su desmesura.

Se alojan en un Airbnb de dos habitaciones, pero éste es de categoría, en una calle lateral de la calle Church, cerca del colegio privado St Kevin's College. Dylan ha ido a un colegio privado en los suburbios del este de Sydney, en Rose Bay. Luego fue a la Universidad de Nueva Gales del Sur y se licenció en psicología. Sus padres murieron y él lo heredó todo. No trabajó. Perry abandonó un instituto de Mount Druitt, en el oeste de Sydney, cuando tenía catorce años y se dirigió a King Cross, donde comenzó una vida de engaños que continúa sin descanso ahora, sólo que Dylan tiene dinero, clase y crueldad. Una combinación que Perry no ha visto antes.

Dylan está vestido con unos chinos color hueso, una camisa

"

azul claro de la calle Country y una americana negra, y le dice a Perry:

—Vamos a salir esta noche. Hay un club en la calle Flinders, El Túnel.

—¿A qué hora?

—No hasta tarde, quizá a medianoche o a la una o dos de la madrugada. Voy a ir de compras. ¿Quieres venir?

—No.

Perry piensa que emborrachará a Dylan y le pondrá un somnífero o un poco de ketamina en la bebida. Pero no sabe qué hacer después. Necesita poder chantajearlo para que le dé mucho dinero, y él tiene el dinero. Lo suficiente que Perry cree que le permitiría no tener que hacer más estafas a la gente. No más vivir día a día o semana a semana en el mejor de los casos.

Perry no veía la forma de entrar. Sus padres habían muerto y no tenía más familiares. Sólo tenía, pensaba Perry, veintiocho o veintinueve años. Dylan había recogido a Perry una noche en un punto de recogida de Kings Cross cerca del infame muro y lo había llevado a su mansión de Rose Bay, lo había atado y se lo había cogido. Después, se había quedado callado como un gatito. Fue entonces cuando Perry pensó que el joven indígena, Paul, podría complacer a Dylan. Podría complacerlos a ambos. Tal vez esa era la manera de entrar. Hacer que confesara el asesinato de Paul, Ann y Katya. Grabarlo.

CAPÍTULO CUARENTA Y UNO

Es tarde. Travis está en una sala de interrogatorios de la comisaría de St Kilda, en la calle Chapel, al este de St Kilda, con la detective Lois Baldock. Ya ha dado su declaración. Está claro que no es el asesino, y los policías aún no lo han hecho saber a la prensa ni al público. Ni siquiera lo han calificado de asesinato; todavía no, si es que alguna vez lo han hecho. Una prostituta de Sydney sin familia ni amigos toma demasiada heroína y es encontrada muerta en un motel de St Kilda. ¿A quién le importa? A menos que el tipo que la encuentra sea Travis Whyte, que estaba trabajando en el Motel Cross cuando Ann fue asesinada.

—Ya puede irse, Señor Whyte, gracias por su ayuda —le dice la detective a Travis.

—¿Va a investigar el...? —dice él y se levanta.

—Creo en lo que me ha dicho, Señor Whyte. También conozco su historia. Es Victoria. Estamos locos por la Liga de Fútbol Australiana y aunque no lo estemos, no podemos escapar de ella, y la suya fue una gran historia, luego se escabulló de la ciudad, ahora ha vuelto. Una chica está muerta.

Encontró a Billy Madison muerto. Un chico indígena que conocía está muerto.

—Katya, su nombre era Katya y el chico, su nombre era Paul. Y es el mismo tipo, se lo dije. Su nombre es Dylan. Estará con un hombre, un travesti, que parece una chica, se llama Perry.

—Los encontraremos, Señor Whyte.

—Pero...

—Gracias, Señor Whyte. Como he dicho, usted no está bajo sospecha de ningún delito aquí, pero si yo fuera usted, no daría el nombre del Señor Olsen como referencia demasiado a menudo. Está un poco manchado, cariño.

Es de estatura media, con el pelo rubio, vestida con un traje negro ajustado, un moño en la parte superior de la cabeza, bonita, todavía de aspecto joven, pero para ser una detective debía tener más de treinta y cinco años, calculó.

—Gracias por el consejo —dice Travis—. ¿Le apetece tomar algo?

—No.

—Tengo otro caso. Dos chicas desaparecidas. ¿Qué puedes decirme sobre el club nocturno Túnel?

—Tengo trabajo que hacer, Señor Whyte.

—¿Puedo preguntarle? ¿Puedo enseñarle una foto y que me diga si conoce a este hombre?

—Jesús, Whyte, de acuerdo.

Le enseña la foto del tipo con tatuajes en el cuello y los brazos en El Túnel y la foto más clara de ellos en la calle Smith. Ella la mira detenidamente. Sonríe.

—Es Yevgeny Turgenev. Es el hijo de un conocido empresario ruso. Sin embargo, no tiene ninguna forma. Va a la Universidad de Melbourne. No se hace cargo del negocio familiar. Pero ese tatuaje en el lado derecho de su cuello, es un tatuaje de gángster ruso. La estrella de ocho puntas denota un ladrón de alto rango. Pero te haces uno de esos tatuajes y el tipo equivocado lo ve. Ruso u otro. Podría ser un problema. —Lo mira directamente, sonriendo.

—A menos que tu padre sea un prominente hombre de negocios ruso.

—Muy bien, Señor Whyte. Puede que le acepte esa bebida en otra ocasión.

—Estas chicas desaparecidas, ellas...

—Se mete en problemas otra vez, Señor Whyte, y...

—Me voy.

Ella le da su tarjeta de presentación. Él sonríe. Ella abre la puerta y lo acompaña a la salida. Él se vuelve hacia ella en la calle Chapel y ella dice:

—Buenas noches, Travis. No se meta en problemas.

CAPÍTULO CUARENTA Y DOS

Travis toma un Uber hacia la ciudad. El Túnel está cerca de la esquina de la calle Flinders y la calle Elizabeth. Travis se baja en la esquina de la calle Flinders y Swanston, y camina lentamente por la calle Flinders. Ha empezado a llover. Travis puede ver su aliento, pero está bajo las fachadas de las tiendas, sin mojarse. Intenta hacerlo de otra manera con El Ángel, ser más respetuoso, nada de mierda de hombre duro. Es medianoche. Se une a la cola. Observa a los porteros. Esta vez no hay perras. Son tres. Dos tipos vestidos de negro son casi idénticos en todo lo que hacen, en su forma de actuar. Músculos de bíceps duros y apretados bajo sus económicos trajes negros. Cuellos de toro. Piensa en Olsen, pero estos tipos están en un juego diferente. El tercer tipo lo dirige todo, también con un traje negro, pero los gemelos tienen el pelo negro y corto, y él tiene el pelo rubio hasta los hombros.

Sin embargo, Travis se da cuenta de que el mayor de los dos con el pelo negro corto es más simpático; no se fija en cómo visten, sino que sonríe, está contento, saluda a la gente que conoce con palmaditas en la espalda, besos en la mejilla para las chicas, mientras que los otros dos son distantes.

Cuando llega al frente, se dirige al tipo amistoso, le sonríe y le dice:

—Hola, amigo.

—Hola —dice el tipo grande.

—Amigo, soy un investigador privado de Sydney que busca a unas chicas desaparecidas —dice Travis.

Le enseña su identficación al tipo, que lo toma en su mano.

—Travis Whyte. Conozco ese nombre.

—Sí, dos chicas rubias, fueron vistas aquí toda la semana pasada. Aquí.

Le muestra al tipo grande las fotos fuera del club, la foto en la calle Smith con Yevgeny. El tipo sonríe de inmediato.

—Ese es Yevgeny. No querrás meterte con éste, amigo. Mi consejo es que te olvides de esto.

—Ah, de acuerdo. No hay problema. ¿Es peligroso este Yevgeny?

—Está dentro, pero yo lo dejaría en paz si fuera tú.

—Oye, estoy aquí para divertirme, pero, ¿es como un gángster, este Yevgeny?

—Algo así. Es un problema para ti si estás buscando...

—No, no. Usted me pone en orden, jefe.

Al tipo se le ha acabado la paciencia y le dice a Travis:

—Sigue avanzando o vete a casa, amigo.

Sigue avanzando hacia el mostrador, paga sus 20 dólares para entrar.

Travis tiene la foto en el bolsillo de su chaqueta. Si Yevgeny está aquí, le gustaría tener la oportunidad de enseñársela. Para conocer su reacción. Se adentra en el interior por un pasillo estrecho, y luego en el club propiamente dicho. Es golpeado por una pared de sonido a través de *Say So Snakehips Remix*. Es muy RUIDOSO. La sala es increíblemente grande dada su fachada. Travis no puede creerlo. Piensa que Yevgeny estará en una sala privada. El grandote de afuera perdió la paciencia. Necesita encontrar otra fuente para Yevgeny. ¿Es un universitario fiestero? ¿O un peligroso matón que recoge chicas obligándolas a entrar en el mundo de la prostitución? Tiene muchas ganas de averiguarlo. Quiere herir a alguien después de lo que les pasó a Paul y Katya. Le importa una mierda quién sea.

Lo ve. Yevgeny, el del tatuaje en el cuello, tres pequeñas chinas con él en un bar del siguiente nivel. Un matón de aspecto desagradable a su lado con un sombrero ushanka y una camiseta negra. Mirando a su alrededor. No forma parte de la conversación. Los enormes brazos y el pecho del hombre son visibles incluso desde el piso de abajo. El músculo de Yevgeny. El bar no parece privado. Se pregunta si el portero de afuera le dijo a alguien lo que dijo. ¿Hay una cámara sobre Travis en este momento? Se dirige a la barra más cercana, sin dejar de mirar a Yevgeny en todo momento. La música pasa a *I don't care* de Justin Bieber. Está más fuerte. Pide tres chupitos de vodka. Llegan, los apura uno tras otro, sin dejar de mirar en la barra al Heredero Ruso con sus chicas asiáticas y el hombre grande del sombrero. Cree que Yevgeny lo mira brevemente antes de apartar la vista.

Encuentra la escalera en un extremo del bar, la sube lentamente hasta la otra barra donde están ellos. Los cuatro en el club, pero separados de todos los demás.

Se acerca todo lo que puede a Yevgeny. El grandulón lo mira acercarse. Travis muestra su mejor sonrisa, pero el gran ruso del sombrero no le da nada. Está a un metro y medio de Yevgeny y le sonríe. Yevgeny le devuelve la sonrisa.

—¡Yevgeny, hola! ¡Mi hombre! —dice Travis en voz alta para que se le oiga por encima de la música estruendosa.

Yevgeny se aleja de Travis. El hombre grande del sombrero

no se mueve. Travis extiende los brazos. Tal vez Yevgeny reconozca su cara de alguna parte, hace unos años Travis era portada y contraportada de la mayoría de los periódicos de Melbourne. En cualquier caso, deja entrar a Travis, y Travis lo abraza, dice:

—Oye, ¿te acuerdas de mí? Soy Travis Whyte. Salimos de fiesta hace tiempo en...

—Sí, sí, me acuerdo de ti, amigo. ¿Cómo estás?

—Estoy bien. Tengo que enseñarte algo.

Busca en el bolsillo interior de su chaqueta y saca las fotos de Facebook. El tipo grande sigue sin moverse. Travis le pone las fotos en la cara a Yevgeny y le grita:

—Me conoces, ¿eh? ¿También conoces a estas putas chicas? ¿Las conoces?

El hombre grande del sombrero comienza a moverse, pero es lento. Travis arremete, araña su bota derecha en la espinilla, con fuerza. El gran ruso grita de dolor. Travis vuelve a arañar la espinilla. El gran hombre cae de cuclillas. Travis saca la porra, la golpea contra las rodillas y los codos del gran hombre, golpes duros y despiadados. El hombre grande se desmorona. Travis le golpea en la nuca con la porra. Se la clava en la nariz. El gran ruso está inutilizado. Travis le rompe la nariz con otro golpe. Yevgeny mira, conmocionado, como el gran hombre grita. Travis agarra a Yevgeny por la garganta y le dice:

—¿Ahora me conoces, carajo? ¿Dónde están esas chicas? ¿Dónde están?

Le da un cabezazo a Yevgeny, golpeando también su ojo derecho.

Yevgeny está espantado. Está asustado. Su hombre fue eliminado por este tipo.

Sabe lo de las chicas.

Sabe lo de las chicas.

—¿Dónde están? —grita Travis, golpeando su codo en la

cara de Yevgeny, estrellando la porra a través de su codo, le agarra el pelo, lo arrastra, sigue arrastrándolo por las escaleras. Travis busca una salida. Si puede sacarlo fuera. Lo arrastra por el pasillo hacia los baños, ve uno al final del pasillo, probablemente alarmado. La música de fondo suena cada vez más fuerte mientras Travis arrastra a Yevgeny por el club. Ve que el gorila de fuera se le acerca y arrastra al heredero ruso hacia la salida. Llega hasta la puerta. Rompe la barra en medio de la puerta y ésta se abre. Sale disparado a un callejón. Sin embargo, tiene a Yevgeny, que sangra por ese ojo ahora con mucho dolor. No es un luchador, aunque lo parezca. Este no es su juego. Él es el seductor, no el ejecutor. Travis lo empuja al suelo en el sucio callejón, le da un golpe en la espalda y en las piernas, y cierra de golpe la puerta de la salida de emergencia. Destraba las ruedas de un gran contenedor y lo arrastra a través de la salida. Vuelve a poner los seguros delante y detrás.

—¿Dónde están? ¿Dónde están las chicas? Estás solo aquí. Te voy a matar, ¿de acuerdo? ¿Dónde están? —grita de nuevo, arrastrándolo por la cola de caballo, dándole una patada en la cara. Golpeando la porra a través de una rodilla—. ¿Dónde están?

—Te llevaré. Te llevaré.

Travis sabe que tiene segundos. Van a venir irrumpiendo por la calle o por la puerta en cualquier momento. Los oye tratando de forzar las puertas contra el gran contenedor de acero. Golpea a Yevgeny en el estómago con la porra, una, dos, una y otra vez. Lo golpea en la boca y le rompe algunos dientes.

—¿Dónde están? La dirección. La dirección.

Yevgeny se la da. Travis le pasa la porra por la espalda al ruso y corre, corre rápido por el callejón. Corre hasta la calle Elizabeth esperando detrás de otro gran contenedor de basura con ruedas. Segundos después, dos gorilas irrumpen por la salida de emergencia abriéndose paso entre el enorme contenedor. Otros dos pasan corriendo por el callejón desde el extremo de la calle Swanston. Travis se sienta y espera. Los hombres miran a su alrededor. No pueden dejar a Yevgeny ni al club. Tienen trabajo que hacer. Necesita un médico. Le ayudan a entrar. Travis llama a la detective Lois Baldock, le da la dirección.

—Llámame si están a salvo. Por favor, llámame si están a salvo.

—¿Dónde estás? ¿Qué ha pasado?

Travis no responde. Termina la llamada y espera en un umbral de la calle Elizabeth recuperando el aliento. Pasan unos minutos hasta que se encuentra bien. Nadie le puso un dedo encima. Los sorprendió mucho. Tuvo suerte. Espera un poco más en el umbral y luego camina por la calle Elizabeth hasta la calle Flinders. Vuelve a pasar por la estación de tren, ya oscura, el último tren se ha ido. Gira por la calle Swanston, entra en McDonalds, pide dos hamburguesas con queso, papas fritas grandes, un batido de vainilla espeso y se lo lleva todo a un asiento que da a la calle. Come con hambre. Quiere estar en la ciudad, cerca de Yevgeny, cuando las chicas sean encontradas o no. Si estuviera mintiendo, no sabe qué hará. Termina su comida, pide un café, vuelve al asiento de la ventana y espera y espera. Pasan casi dos horas y empieza a dudar de sí mismo. Duda de haber hecho lo que no debía.

Baldock le llama.

—Han encontrado a las chicas. Afuera. Nadie en la casa. Las chicas dijeron que un hombre las sacó de su habitación. Les dijo que salieran y luego desapareció.

No les habían hecho daño, pero ambas dijeron a la policía que estaban retenidas en contra de su voluntad, que las habían obligado a trabajar en algunos turnos, que las iban a llevar a algún lugar interestatal o al extranjero. A Travis le bastó con saber que estaban retenidas contra su voluntad, obligadas a trabajar como prostitutas, para que se presentaran cargos contra Yevgeny. Llamó al padre de Jenny. Ya había hablado con ella. Pronto estarían en casa. Le dio las gracias a Travis. Las había encontrado, y esta vez no había llegado demasiado tarde. Se sentó y miró el desfile que pasaba, se pidió otro café.

Las cosas han sido extrañas; Travis se siente como un personaje de un libro. Perry pasa por delante de la ventana. Travis siente que su corazón empieza a latir sin control. Se queda mirando a Perry, pero éste mira de frente. Travis se queda helado, pero ahora no puede respirar, empieza otro ataque de pánico. Traga aire, lo ve, vestido con unos chinos color hueso, una camisa de cuadros azules y blancos, una chaqueta de aviador azul oscuro. El Señor Ordinario, Dylan. Es él. El hombre que acuchilló a Ann. Travis apenas puede mantenerse en pie. Perry y Dylan siguen adelante.

Travis se pone de rodillas. Un guardia de seguridad se acerca a él, le hace una señal a su compañero de trabajo y ambos se arrodillan junto a Travis.

—¿Qué pasa, amigo? —pregunta uno de ellos.

—No puedo respirar, yo... me pondré bien... yo.

Lo levantan, cada uno sosteniendo un brazo. Travis empieza a sentirse un poco mejor, pero su corazón sigue latiendo con fuerza. Los chicos lo acompañan al exterior. Travis respira profundamente en sus pulmones, se encoge de hombros ante los guardias de seguridad y corre, encorvado, de vuelta hacia la calle Flinders, donde Perry y Dylan se dirigieron a El Túnel como estaba previsto.

Los ve cuando está a diez metros de distancia. Se han unido a la fila. Dylan pone su antebrazo en el hombro de Perry. Perry se vuelve y le sonríe. Ann. Paul. Katya. Travis quiere matarlos a los dos. Avanzan en la cola. No puede volver a entrar, de ninguna manera. Avanzan más, Travis camina tan cerca como se atreve, grita tan fuerte como puede.

—¡Perry! ¡Perry!

Perry y Dylan se giran y ambos ven a Travis al instante. Perry esboza una fina sonrisa. Dylan lo mira, inexpresivo, y entonces Perry se da cuenta de quién es. Travis se mueve hacia ellos, pero se separan rápidamente. Perry corre hacia la calle Elizabeth; Dylan se aleja de la cola zigzagueando entre la gente para alejarse de Travis y volver a la calle Swanston.

Travis sigue a Dylan. Ambos están en la calle Swanston. Travis lo tiene claro en su visión. Dylan no mira atrás, sigue corriendo, Travis lo tiene. Está corriendo, puede correr así toda la noche, pero tiene que elegir el momento para abordarlo, para herirlo.

Dylan corre más allá de la Plaza de la Federación aumentando su velocidad al cruzar el puente Princess. Travis también corre más rápido. Esto es todo, piensa. Dylan se está abriendo paso. Travis acelera, bombeando sus piernas y brazos. Dylan corre por un camino a su izquierda. Lleva al río Yarra, a los embarcaderos y a las orillas cubiertas de hierba. Gira a la izquierda de nuevo bajo el puente Princess. Travis lo sigue. Dylan se detiene y se gira. Travis se pregunta si hay cámaras de seguridad aquí abajo. Lo duda.

Dylan no dice nada, sólo se queda ahí, sonriendo.

—¿Y ahora qué, hijo de puta? —dice Travis.

Dylan saca una navaja del bolsillo interior de su cazadora y dice:

—Esto es lo que hay. Ven y tómalo. Me odias, ¿verdad? Quieres matarme. Ven y tómalo.

Travis se quita la chaqueta, la envuelve alrededor de su mano izquierda y la parte inferior del brazo. En vaqueros y camiseta sólo ahora. La porra en su mano derecha. Avanza hacia Dylan, que retrocede. Travis se lanza hacia él a toda velocidad, golpeando a Dylan en el pecho. Dylan blande la cuchilla mientras cae al suelo, corta a Travis por encima de la parte superior de su ojo izquierdo. Ambos caen al suelo. Dylan se levanta primero y retrocede hacia la orilla de hierba húmeda. Travis se limpia la sangre de encima del ojo con su chaqueta.

—Ese es el primer corte. Te acuerdas de Ann. ¿Te acuerdas de la primera vez que la viste? —dice Dylan.

Travis corre y se lanza de nuevo contra él, tirándolo al suelo. Dylan es ágil. No es fuerte. Travis no es una joven desprevenida ni un niño drogado. La cuchilla se le cae de la mano a Dylan cuando cae al césped, la toma, pero Travis la tiene en un instante. Dylan trata de alejarse rodando, Travis golpea la porra en la nariz y luego lo tiene agarrado por el cuello de su estúpida camisa a cuadros de la calle Country. Este niño rico. Eso es lo que ve Travis. Un niño rico mimado. No podría ser otra cosa, vestido así. Tan sencillo que es casi invisible. Travis deja caer la porra.

—¿Por qué lo hiciste? —Travis pregunta—. ¿Por qué la mataste?

Dylan le mira, le dedica una pequeña media sonrisa y dice:
—Estaba aburrido.

Travis lo apuñala justo debajo de la caja torácica derecha, le clava el cuchillo profundamente. Ve la sorpresa, y luego lentamente la luz se apaga en los ojos de Dylan. Lo deja ahí mirándolo fijamente, luego lo saca lentamente. Dylan se desliza por la pequeña orilla de hierba ayudado por Travis mientras lo ve balancearse en el agua al borde de la orilla. Empuja a Dylan con sus botas, lo envía a la corriente y ésta lo arrastra lentamente lejos de Travis en dirección a la desembocadura.

Travis se aleja. Camina hasta los cobertizos de remo, encuentra un asiento y se sienta. Llama a Lois Baldock por segunda vez esa noche. Ella contesta.

—Maté a alguien en defensa propia. Creo que es el asesino de Ann Gables en el motel Cross de Kings Cross.

—¿A qué mierda estás jugando, Travis?

—Lo que te dije. Maté al asesino de Ann Gables en defensa propia. Él vino a mí con un cuchillo. Su cuerpo está flotando por el Yarra hacia la desembocadura.

—¿Dónde estás?

—Estoy en el cobertizo más cercano al Puente Princess.

—No te muevas.

—No, señora.

Travis se levanta, enciende un cigarrillo. Piensa en Ann Gables, Paul, su vieja amiga, Katya. Todo porque estaba aburrido. Eso es, eso es lo que dijo.

«Estaba aburrido».

CAPÍTULO CUARENTA Y TRES

La policía encontró el cuerpo más adelante en el embarcadero. Había sido detenido por una gran criba metálica que normalmente recogía latas y botellas de plástico. Angelo tardó diez horas en llegar. Travis durmió bien para ser un asesino. Él y Angelo se sentaron uno al lado del otro frente a la mesa de Lois Baldock y otro detective. Baldock se identifica y enciende la grabadora IC.

—Mi cliente no dirá nada más. Ha dado una breve descripción de lo que le ocurrió a esta persona fallecida. Está dispuesto a someterse a una prueba de ADN. No hay cuerpo en este momento, ¿es correcto? —dice Angelo.

—No, tenemos un cuerpo —dice Baldock, sonríe a los dos—. Crees que lo tienes claro, ¿verdad, abogado? No hay testigos, no hay cámaras de seguridad, alegación de defensa propia, persona desaparecida en forma de proxeneta de Sydney llamado Perry, que supuestamente estaba trabajando con el fallecido en la planificación del asesinato no resuelto de Ann Gables. ¿Eso es todo?

—Mi cliente no dirá nada más.

—¿Y si la prueba de ADN encuentra vínculos con el fallecido?

—Actuó en defensa propia. Este hombre mató a dos mujeres jóvenes y a un adolescente. Mi cliente no está obligado a responder a más preguntas.

—Se acabó la entrevista —dice Baldock, asintiendo con la cabeza a Travis, que asiente lentamente hacia ella.

Angelo y Travis están en un Uber que se dirige al aeropuerto.

—He revisado los libros que Ahn consiguió sacar de la caja fuerte de El Ángel, he encontrado pruebas más que suficientes de que Billy era copropietario del club con tu amigo Farez —dice Angelo.

—¿Ahn tiene ahora qué?

—Farez ha aceptado que Ahn sea reconocida como copropietaria del club, que sea una socia silenciosa. Ahn ha aceptado el acuerdo del cincuenta por ciento, pero no será silenciosa.

—No, estoy seguro de que no lo será.

—El Señor Chui quiere ponerte en un contrato.

—¿Haciendo qué?

—Lo que surja. Basta con decir que no trabajarás en ninguno de sus clubes de juego, no como portero, no creo. Serán unos sesenta mil al año, más bonos, etc.

—¿Puedes hacer un contrato entre Chui y yo?

—Puedo, pero...

—Pero, voy a seguir con mi propio negocio usando mi licencia de agente de investigación privada. Tendrás que incluir algo al respecto en el contrato. Creo que he demostrado que puedo hacer dos cosas a la vez, jugar al fútbol y, en general, ser una molestia.

—De acuerdo.

El Uber los deja en Tullamarine. Travis encuentra un lugar tranquilo y llama a Babus.

—Travis, hola, me alegro de que estés bien. Ahn me ha contado lo que has pasado y...

—¿La llamaste tú o te llamó ella?

—Ella me llamó, ¿por qué?

—Tengo curiosidad, y sí, han sido unos grandes días, unas grandes semanas. Creo que nunca volverán a ser así.

—Conociéndote, Travis, no creo que sea una apuesta segura.

—Te echo de menos, todo sobre ti.

—Eso es muy dulce, Travis. Yo también te echo de menos.

Una larga pausa.

Babus le pregunta:

—¿Han encontrado a ese tipo? El que envió al asesino al motel en el que trabajabas donde murió la chica. Creo que Ahn dijo que su nombre era...

—Perry. No, no lo encontraron. Las cámaras lo perdieron cuando se subió a lo que creen que era un Uber. No pudieron conseguir la marca o las placas del coche.

—¿Te molesta eso?

—Me duele, pero voy a estar intentando todo lo que pueda para atraparlo. Esto no ha terminado, todavía no.

Prometen verse pronto.

Travis termina la llamada.

Se pregunta sobre Olsen. ¿Es corrupto o no?

Piensa en su padre.

Tiene una historia que contarle.

Fin

Querido lector,

Esperamos que hayas disfrutado leyendo *Llegar Hasta El Final*. Tómese un momento para dejar una reseña, incluso si es breve. Tu opinión es importante para nosotros.

Atentamente,

Sean O'Leary y el equipo de Next Chapter

ACERCA DEL AUTOR

Sean O'Leary es un escritor de Melbourne, Australia. Ha publicado dos colecciones de relatos literarios «My Town» y «Walking». Una colección de relatos policíacos llamada «Wonderland». También cerca de cuarenta relatos cortos en prensa pequeña y grande de todo el mundo. Su novela «Drifting» fue la ganadora del *Great Novella Search*. Ha publicado dos novelas policíacas, «The Heat» y «Preston Noir». Le gusta caminar por toda la faz de la tierra, viajar mucho, apoyar al Melbourne Football Club (una condena de por vida) y escribir como un demonio.

Llegar Hasta El Final
ISBN: 978-4-82412-703-7

Publicado por
Next Chapter
1-60-20 Minami-Otsuka
170-0005 Toshima-Ku, Tokyo
+818035793528

20 febrero 2022